SUSANNE ROLL

FLORI – RETTERIN IN DER NOT

SUSANNE ROLL

FLORI – RETTERIN IN DER NOT

neukirchener

camino.

MIX
Papier aus verantwortungsvollen Quellen
FSC www.fsc.org FSC® C014138

Bibliografische Information der Deutschen Nationalbibliothek:
Die Deutsche Nationalbibliothek verzeichnet diese Publikation in der Deutschen Nationalbibliografie; detaillierte bibliografische Daten sind im Internet über http://dnb.d-nb.de abrufbar.

Umschlaggestaltung: Grafikbüro Sonnhüter, www.sonnhueter.com,
unter Verwendung eines Bildes von © Galina Kovalenko,
somchaiP, olllikeballoon, AnastasiaNi (shutterstock.com)
Lektorat: Anja Lerz, Duisburg
DTP: Magdalene Krumbeck, Wuppertal
Verwendete Schrift: Adobe Gramond Pro, Pinto No_01
Gesamtherstellung: Finidr, s.r.o.
Printed in Czech Republic
ISBN 978-3-7615-6677-0 (neukirchener verlag)
ISBN 978-37615-6678-7 (Hörbuch)
ISBN 978-3-96157-134-5 (camino)
www.neukirchener-verlage.de/hoerbuchflori

www.neukirchener-verlage.de
www.caminobuch.de

Für Eddy,
dem kleinen Hund mit dem ganz großen Herzen

INHALT

KAPITEL 1	Floris größter Wunsch · 9
KAPITEL 2	Ida, Heini, Pitti & Co · 20
KAPITEL 3	Gebrochene Pfote · 30
KAPITEL 4	Cap · 45
KAPITEL 5	Taschenlampen-App · 56
KAPITEL 6	Tieraktivistin Flori · 68
KAPITEL 7	Schmugglerware · 78
KAPITEL 8	Auffällige Spuren · 91
KAPITEL 9	Ermittlungsarbeit · 101
KAPITEL 10	Ruf, Berufung, Beruf · 109
KAPITEL 11	Adoption · 124
ANHANG	Kurzbiographie: Florence Nightingale 1820–1910 · 132
	Foto: Florence Nightingale mit dem Hund Cap · 138
	Links zum Thema: Tierschutz / Umweltschutz · 139
	Die Entscheidung für oder gegen ein Tier (Checkliste und Tipps) · 141

GRAUSAMER FUND BEI MÜNCHEN

Gewalt gegen hilflose Tiere geht weiter

Zwölf tote Hunde in einem Waldstück gefunden

STEINBACH – Gestern hat ein Passant bei einem Spaziergang in der Nähe eines abgelegenen Picknickplatzes einen grausigen Fund gemacht. Dem 48-Jährigen fielen eine große Anzahl blauer Müllsäcke auf, die im Unterholz des Waldes abgelegt worden waren. Wie die Polizei berichtete, ist dies innerhalb kürzester Zeit bereits der dritte Fund toter Hunde.

Herr K. aus S. war gestern am frühen Nachmittag auf einem Spaziergang im Steinbacher Wald in der Nähe von München unterwegs, als er nach nur wenigen Metern einen grausamen Fund machte. Jemand hatte mehrere blaue Müllsäcke im Unterholz deponiert.

»Ich hielt das Ganze erst für einen großen Müllskandal«, äußerte sich Herr K. der Zeitung gegenüber. »Weihnachten ist gerade vorbei, man hat gefeiert und weiß anschließend nicht, wohin mit dem ganzen Müll. Da hab ich mich geärgert und wollte nachsehen, ob ich Hinweise auf den Verschmutzer finden konnte, einen Adressaufkleber, eine Telefonnummer…« Betroffenheit und Entsetzen sind in seinem Gesicht zu lesen, denn nicht Müll war es, der in den Säcken beseitigt wurde, sondern Hunde. Sofort alarmierte der 48-Jährige die örtliche Polizei.

Hauptkommissar Jan Meuer von der Münchener Kriminalpolizei, der sich des Falles angenommen hat, äußerte gegenüber der Presse, dass die Tierschmuggler diejenigen Tiere, die im Weihnachtsgeschäft nicht verkauft werden konnten, einfach in den Säcken erstickten und dann im Wald zurückließen, damit sie keine Kosten verursachten. Er forderte die Bürger auf, Augen und Ohren offen zu halten und versprach, jedem noch so kleinen Hinweis nachzugehen. Er selbst sei Hundebesitzer und Tierfreund und meinte, dass man diesen Menschen unbedingt das grausame Handwerk legen müsse.

Es ist zu hoffen, dass dies bald gelingt. Hinweise bitte an das nächste Polizeiamt.

SrO

KAPITEL 1

FLORIS GRÖSSTER WUNSCH

Mit wutverzerrtem Gesicht und Tränen in den Augen pfefferte Flori die Zeitung auf den Tisch. Dosen und Tiegel fielen um und kullerten scheppernd zu Boden. Ihre Oma, die gerade durch ein Mikroskop gesehen hatte, schreckte hoch. Fragend sah sie ihre Enkelin an.

Eigentlich hatte Flori die Zeitung nur aus dem Altpapier gekramt, um damit Pittis Käfig zu säubern. Nun starrte sie tieftraurig erst auf den kleinen Spatzen, dann auf die Schlagzeile und ließ sich auf einen Hocker fallen. Ungeduldig wischte sie die Tränen fort, während sie die Dosen wieder richtig hinstellte. Floris Oma rückte ihre Brille zurecht, stand auf und trat an den Tisch heran. Sie griff nach dem alten Papier und las.

Sie schluckte und legte dann ihrer Enkelin eine Hand auf die Schulter.

»Ich bin mir ganz sicher«, sagte sie leise, »dass der Hauptkommissar die Täter irgendwann erwischt.«

Flori blickte auf. In ihren grünen Augen lag ein Schmerz, der so tief saß, dass diese Worte ihr nur wenig Trost bringen würden, da war sich ihre Oma sicher. »Vielleicht hat er ja schon Erfolg gehabt?«, fügte sie hinzu. »Die Ausgabe ist aus dem Dezember, jetzt haben wir Februar!«

Flori griff in ihre hintere Hosentasche und zog ihr Smartphone heraus. Augenblicklich wischte sie darauf herum und tippte wie wild Buchstaben in die Eingabemaske. Eine Strähne ihres widerspenstigen, rotblonden Haares fiel ihr dabei immer wieder in die Stirn. Sanft hielt ihre Oma Floris Hand fest und schüttelte leicht den Kopf.

Die beiden sahen sich einen Moment lang stumm an, dann entspannte Flori ihre Hand und steckte das Handy resigniert wieder weg.

»Es ist so ungerecht«, sagte sie schließlich. »Es gibt so viele Hunde auf der Welt, denen man helfen müsste. Stattdessen kaufen die Leute entweder beim Züchter, die immer mehr neue Hunde produzieren oder sie unterstützen diese Verbrecher, weil sie dort die reinrassigen Hunde günstiger bekommen!«

Auf Floris sommersprossigen Wangen prangten rote Flecken. Immer noch starrte sie entsetzt auf den Zeitungsartikel. Sie wusste von ihrer Oma, dass die Tierfänger im Ausland reinrassige Hunde einfingen oder in Massenstationen züchteten, um sie hier in Deutschland unter die Leute zu bringen. Am liebsten hätte sie sie alle verhaftet und die Hunde gerettet, irgendwie, doch München war weit weg.

Flo, Flori, Florentina Hinz war dreizehn Jahre alt. Sie konnte sich noch gut erinnern, dass sie anfangs geglaubt hatte, sie würde Flori heißen, da alle sie so gerufen hatten. Als dann Bettina, die Erzieherin im Kindergarten, sie aufgerufen und Florentina genannt hatte, war sie völlig verwirrt gewesen. Die anderen Kinder hatten gekichert.

Sie hatte den Namen Florentina nicht gemocht, denn niemand hieß Florentina. Ihre Freundinnen im Kindergarten und später in der Schule hießen Liese, Diana, Merle, Sophia oder Lara. Der auffälligste Name war vielleicht noch Francesca, ein Mädchen, das aus Italien stammte. Aber ihr Name wurde zu Franzi abgekürzt und hörte sich dann auch ganz normal an. Flori war wütend neben ihrer Mutter nach Hause gestapft und hatte gefragt, warum sie so einen bescheuerten Namen bekommen hatte. Sie wollte nicht, dass andere darüber lachten.

Floris Mutter hatte angehalten, sich zu ihrer Tochter hinabgebeugt und ganz ernst gesagt: »Flori, wir sind durch Oma Liddi auf deinen Namen gekommen. Oma Liddis großes Vorbild ist Florence Nightingale, das hast du ja bestimmt schon mitbekommen. Florence kam uns aber so englisch vor. Deshalb haben wir beschlossen, Florentina draus zu machen. Ich persönlich finde, dass das ein ganz wundervoller Name ist. Sieh es doch mal so: Dein Name mag fremd und besonders klingen, aber das muss nicht heißen, dass das blöd ist. Etwas Besonderes kann auch gut sein – eben besonders!«

Flori hatte nicht alles von dem verstanden, als sie noch so klein war, aber für diesen Moment hatte es ihr gereicht. Denn der Name kam von Oma Liddi und Oma Liddi liebte sie über alles.

Jetzt ging sie in die achte Klasse des Goethe-Gymnasiums in Demme, und wenn es etwas gab, das man unbedingt über sie wissen musste, dann, dass sie Tiere über alles liebte. Schon immer wollte sie helfen und heilen, und ihr größter Wunsch war es, einen eigenen Hund zu haben.

Seit sie zurückdenken konnte, saß dieser Wunsch in ihr. Seit sie atmen konnte, stand die Hilfe für Tiere an oberster Stelle, seit sie laufen konnte, wollte sie am liebsten alle Tiere retten.

Flori war ziemlich schlau, sie hatte gute Noten in der Schule, war aufgeweckt und lernwillig. Aber sie geriet auch schnell mit anderen über Ungerechtigkeiten aneinander und konnte sich darüber tagelang aufregen, schimpfen oder diskutieren.

Seit sie in die Schule ging, lag sie ihren Eltern mit dem Wunsch nach einem eigenen Hund in den Ohren. Doch ihre Eltern hatten da ein megadickes Fell – blöderweise. Sie waren völlig immun gegen Floris überzeugende Argumente. Im ersten Schuljahr sagten sie, Flori sei zu jung, um sich um einen Hund kümmern zu können, im zweiten Schuljahr war sie nicht groß oder kräftig genug, im dritten hatte sie angeblich nicht das nötige Durchhaltevermögen, im vierten war es das mangelnde Wissen, im fünften die Zeit, im sechsten waren die Kosten zu hoch, im siebten … ach, das wusste sie schon gar nicht mehr. Ihre Eltern wollten einfach keinen Hund, da lag das Problem, denn alles, was Flori ihnen entgegensetzte – Sport, um kräftiger zu werden, Sachbuchlektüre, um schlauer zu werden, die Aufstellung eines Zeit- und Arbeitsplans, um Zuverlässigkeit zu beweisen –, all das nützte nichts, nichts und nochmal nichts.

Ihre Mutter hatte im letzten Jahr auf Floris Argumente nur erwidert: »Ach, Florentina, sei doch zufrieden mit dem, was du hast. Du kannst schon ganz ordentlich Klavier spielen, bist super in der Schule und bist mit Jan Vereinsmeister im gemischten Doppel geworden.«

Obwohl Flori wusste, dass ihre Mutter es absolut nicht toll fand, wenn sie lauter wurde, schrie sie fast: »Gäbe es niemanden, der unzufrieden wäre mit dem, was er hat, würde die Welt niemals besser werden.«

Irgendwo hatte sie dieses Zitat aufgeschnappt. Sie konnte in diesem Moment nicht mehr sagen, wer das von sich gegeben hatte, sicher irgendein schlauer Mensch, aber auch die weisesten Worte halfen bei ihrer Mutter nichts.

»Sei nicht so kratzbürstig, Florentina«, sagte ihre Mutter daraufhin schlicht, »wir haben dich zwar zum eigenständigen Denken erzogen, aber nicht zum Meckern!«

Wenn sie so etwas hörte, konnte Flori aus der Haut fahren. Ihre Eltern hielten zusammen, ganz großes Pech! Floris Mutter konnte hervorragend milde lächeln und ihrer Tochter übers Haar streichen – man – und damit war dann das Thema beendet!

Wenn es nach ihren Eltern ginge, dann würde sie die Mittelstufe mit Bravour hinter sich lassen, Mathematik und Englisch als Leistungskurse belegen, Kunst und Religion dazu, vielleicht Geschichte, und ein Abitur mit mindestens einem Notendurchschnitt von 1,5 hinlegen. Danach würde sie dann Anwältin werden oder in die Politik gehen, vielleicht sogar Professor an der Universität werden, wie Floris Vater. Dass sie selbst aber gerne Tierärztin werden wollte, übersahen ihre Eltern geflissentlich. Das war nicht wirklich ein Beruf, den sie sich für ihre Tochter vorstellen konnten. Sie sahen durchaus das große Herz ihrer Tochter, das für Tiere schlug, doch sie sahen auch ihre Verletzbarkeit. Immer, wenn Flori etwas ungerecht fand, litt sie darunter, manchmal tagelang. Sie konnten sich kaum vorstellen, dass ihre Tochter mit dem Leid, das sie sehen würde, zurechtkommen würde. Was sie dabei aber völlig übersahen, war Floris Wunsch, ihren Willen und ihr Durchhaltevermögen. Flori mochte eine »zarte Seele« haben, wie ihre Eltern es ausdrückten, aber sie war auch stark, willensstark. Das war ja auch das Ergebnis ihrer Erziehung. Doch Tierärztin werden? Nein, das passte nach Meinung ihrer Eltern auf gar keinen Fall zu Flori!

»Mach es einfach wie dein älterer Bruder«, sagte ihre Mutter jedes Mal, »Maximilian hat ein hervorragendes Studium gewählt.«

War ja klar, dass Flori wieder einmal Max als gutes Beispiel vor die Nase gesetzt bekam. Max, der schon studierte, und zwar das Richtige, Max, der gerade zu einem Praktikum in den USA war, Max, der Anwalt oder Richter werden wollte. Sein Traum war es, am Internationalen Gerichtshof in Den Haag zu arbeiten.

Aber das war *sein* Traum, nicht Floris. Wieso konnten ihre Eltern das so wenig verstehen? Vielleicht, weil mehr als zwölf Jahre Altersunterschied zwischen ihr und ihrem Bruder lagen? Vielleicht, weil sie ein Mädchen, eine Träumerin war? Aber das war sie gar nicht, sie war vollkommen realistisch, sie wollte ja kein glitzerndes Einhorn mit rosa Sternchen, sondern einen Hund!

Flori liebte ihre Eltern, aber hielt sie auch ein wenig für etepetete. Vor allem für hartnäckig, zu hartnäckig, nach Floris Geschmack, geradezu verbohrt.

Jetzt war Flori bereits in der achten Klasse. Nach einem Hund fragte sie inzwischen nicht mehr. Für sie war klar, dass ihre Eltern sowieso nie einverstanden sein würden. Auch das Argument, dass Flori ja keinen neuen, jungen Welpen haben wollte, sondern einen älteren Hund, der Hilfe und Unterschlupf brauchte, prallte an ihnen fruchtlos ab. Flori hatte damit an die Fürsorgepflicht der Schöpfung Gottes erinnern wollen, dass »wir Menschen – wir Christen – ja einen Auftrag haben, seine Schöpfung zu bewahren, sie zu retten, sorgsam mit ihr umzugehen«, aber auch das zog nicht.

»Dafür hat Gott anderen Menschen mehr Weisheit und Verstand gegeben, um sich darum kümmern zu können«, war die Antwort ihres Vaters gewesen, »wer weiß, was so ein älteres Tier alles erlebt hat, wo es gewesen ist, ob es vielleicht beißt … Liebe du deinen Nächsten, dann ist alles gut … «

»Aber meine Nächsten sind die Tiere!«, hatte Flori erwidert, doch nur ein wehmütiges Lächeln geerntet. Und auch ihr Vater wuschelte ihr dann wie ihre Mutter mit der Hand durch ihre roten Haare, und damit war das Gespräch auch bei ihm zu Ende. Das konnte Flori so überhaupt gar nicht leiden.

Bevor Flori ganz an dieser Sturheit verzweifelte, hatte sie sich eine andere Strategie zurechtgelegt. Zu Hause würde sie keine Fürsprecher für einen eigenen Hund oder irgendein anderes Tier finden, also hatte sie sich an ihre Oma gewandt. Oma Liddi war cool. Sie arbeitete halbtags in einem biologischen Institut in der Forschung und half in der anderen Zeit ehrenamtlich im ortsansässigen Tierheim aus. Flori fand es super gut, dass ihre Oma an der Entwicklung von Pflegeprodukten beteiligt war, die keine Tierversuche einsetzten, um sie zu testen.

Eigentlich hieß Floris Oma Lydia Hinz, doch Flori konnte, als sie klein war, den Namen Lydia nicht so gut aussprechen und dann war es eben bei Oma Liddi geblieben.

Flori hatte sie so lange mit Argumenten bombardiert, dass sie endlich nachgegeben und sie mitgenommen hatte. Es war nicht Floris Art zu betteln oder sich irgendetwas zu ermaulen, nein, sie überlegte sich ihre Argumente bis ins Letzte und ließ dann einfach nicht mehr locker. Bei ihrem Vater, nun gut, ging diese Strategie nicht auf, er war ja genauso wie Flori, wahrscheinlich hatte sie diese Hartnäckigkeit von ihm geerbt. Aber bei Oma Liddi war das anders. Sie war weicher, nachgiebiger, empfänglicher für Floris Willen und ihre vernünftige Sichtweise.

War Floris Vater also das unnachgiebige Holz, war ihre Oma eher biegsamer Bambus. Welch ein Glück für Flori. Sie hatte es also vor drei Jahren geschafft, dass ihre Oma sie nachmittags mit ins Tierheim nahm. Nicht jeden Nachmittag, das wäre ja aufgefallen, aber zweimal in der Woche. Ihren Eltern sagten sie, dass Oma Liddi Flori Klavierunterricht gab, das war auch nicht gelogen, denn Oma Liddi bestand darauf, dass sie das auch wirklich taten. Aber von vier Stunden, die sie dienstags und donnerstags bei ihrer Oma war, musste sie nur eine Stunde am Klavier üben, die restliche Zeit verbrachten sie gemeinsam im Tierheim.

Flori liebte diese Tage. Na ja, das Klavierspielen weniger, obwohl sie mit der Zeit tatsächlich immer besser wurde, wie ihre Mutter es ja bestätigt hatte. Vor allem liebte Flori die Zeit im Tierheim. Oma Liddi hatte dort immer zu tun. Sie half den Pflegern beim Entwurmen, fütterte kleine Kätzchen, päppelte Hunde, Meerschweinchen, Hamster und sogar einen Marder wieder auf. Aber sie reinigte auch die Käfige, ging mit den Hunden spazieren oder suchte Löwenzahn für die Kaninchen.

An ihren »Bürotagen«, wie sie es nannte, half sie bei der Buchhaltung, dachte sich Werbetexte für die zu vermittelnden Tiere aus, suchte nach Sponsoren oder Spendengeldern und überarbeitete und aktualisierte die Homepage. Das machte sie mit Karin zusammen, die als Vollzeitkraft das Tierheim leitete und auch für den Internetauftritt verantwortlich war.

Das waren dann die Montage und die Freitage. Mittwochs hatte Oma frei. Doch eine freie Zeit war das nicht wirklich. Sie brauchte zwar nicht ins Tierheim, aber sie ging verschiedenen Hinweisen auf verletzte Tiere nach, suchte für eingelieferte Tiere das Herrchen oder Frauchen, kaufte Futter ein oder durchstreifte die Wälder und Felder.

Am Wochenende durfte Flori sie auf solchen Streifzügen begleiten. Sonntags trafen sie sich erst mit der ganzen Familie in der Kirche. Danach aßen sie gemeinsam zu Mittag und sprachen über die Predigt oder über die Ereignisse der vergangenen Woche. Flori fand, dass das ein schöner Brauch war. Alle saßen zusammen am Tisch, aßen, lachten, redeten oder diskutierten über verschiedene Sachen, die sie beschäftigten.

Nachmittags machten sich dann Oma Liddi und Flori auf und davon. Sie gingen den alten Steinbruch ab, durchwanderten den Eichenhain oder liefen über die winterfrostige Wiese von Bauer Lindgrün.

Bauer Lindgrün war der Vater von Jan, mit dem Flori montags und mittwochs Tennis spielte. Er war ihr Partner im gemischten Doppel.

Sie hatte ja versprochen, Sport zu treiben und kräftiger zu werden, und da das auch noch Spaß machte, war sie über die Jahre dabeigeblieben. Montags trainierte sie also mit Jan und mittwochs trainierte sie in einer Gruppe gleichaltriger Jungen und Mädchen, bei denen auch Jan dabei war. Sie verstand sich super mit ihm. Er spielte zwar auch noch Fußball, hatte sonst aber viele gleiche Interessen wie Flori. Er begleitete sie und ihre Oma oft auf ihren Streifzügen durch die Wiesen und Wälder seines Vaters, um nach verletzten Tieren zu suchen.

Samstags war Flori entweder mit ihren Eltern unterwegs, bummeln gehen, schwimmen oder im Kino, oder, wenn gerade kein Familientag anstand, fuhr sie mit dem Fahrrad zu Jan auf den Hof und half ihm, die Tiere zu versorgen. Sie liebte den Geruch nach Heu und Stroh, nach Hafer, frischen Möhren und Äpfeln.

Aber auch zum Ausmisten war sie sich nicht zu schade, sie packte immer da mit an, wo man Hilfe brauchte. Anschließend saßen Jan und Flori nach getaner Arbeit auf den großen Rundballen und aßen köstliche Brote dick beschmiert mit selbstgekochter Marmelade. Im Großen und Ganzen war das also ein gelungenes Teenagerleben. Fehlte doch nur noch ein Hund.

***

ERSTE HINWEISE AUF TIERSCHMUGGLER

Grausames Geschäft skrupelloser Menschen

In Kleintransportern und Käfigen zum Verkauf gekarrt

KASSEL – Bereits vor acht Wochen wurden im Steinbacher Wald, nahe München, zwölf Hundeleichen entdeckt. Die Ermittlungen haben ergeben, dass die Tiere höchstwahrscheinlich aus Rumänien stammten. Das Geschäft mit dem Leben floriert, doch wird auch der Tod in Kauf genommen.

Das Team der SoKo unter Leitung von Hauptkommissar Jan Meuer hat erste Hinweise auf die Herkunft, der in blauen Müllsäcken tot aufgefundenen Hunde, erhalten.
Die Spur führt nach Rumänien. Dort sind Tierfänger am Werk, die junge, bevorzugt reinrassige Hunde von den Straßen fangen und unter ganz schlechten Bedingungen nach Deutschland transportieren.
»Die Tiere werden in Kleintransportern in viel zu engen Käfigen gehalten und tagelang nach Deutschland transportiert«, erklärte der Hauptkommissar der Zeitung.
Die Organisation »AFA – Aid For Animals«, die auch bedürftige Tiere aus dem Ausland nach Deutschland bringt und hier vermittelt, ist entsetzt über die Nachahmer, die die Tiere unnötig leiden lassen.
»Während wir uns an die Gesetze halten und alles tun, damit es den Tieren gut geht, beuten die Schmuggler das Leben aus«, so ein Sprecher der Organisation.
Immer wieder ist es in der Vergangenheit zu solch grausigen Funden gekommen und jetzt erneut in der Nähe von Kassel.
Die Polizei bittet die Bevölkerung, diese Machenschaften nicht zu unterstützen und diese Tiere nicht zu kaufen.
»Natürlich ist ein reinrassiger Hund sehr teuer und man wird verleitet, auf diese Weise, einen Hund um die Hälfte günstiger zu erwerben«, schildert Frank Naht von der Kassler Polizei, »aber man unterstützt damit auch die Tierquälerei!«
Eindringlich bittet er die Bevölkerung und vor allem die Tierliebhaber, diese Masche nicht zu unterstützen, nur weil die Tiere günstiger sind.
Verstärkt werden Tiermärkte und Zeitungsannoncen unter die Lupe genommen, die fadenscheinige Angebote beinhalten.
Auch Tierheime und Tierschutzorganisationen werden aufgefordert, den Markt sehr wachsam zu beobachten.

EJ

KAPITEL 2

IDA, HEINI, PITTI & CO

Seitdem Flori vor einigen Tagen den alten Zeitungsbericht gelesen hatte, ließ das Thema der Tierschmuggler sie nicht mehr los. Fast täglich verfolgte sie nun die »News« auf ihrem Smartphone und durchforstete sie nach Artikeln über die Tierfänger. Heute las sie, dass die Hunde höchstwahrscheinlich aus Rumänien stammten. Sie wusste von ihrer Oma Liddi, dass mindestens zwei der Hunde, die hier im Tierheim lebten, auch aus Rumänien kamen.

Die Organisation »AFA – Aid For Animals« weckte ihr Interesse. Gleich nach getaner Arbeit wollte sie sich näher damit befassen und das Ganze einmal googeln. Greenpeace kannte sie, den WWF auch. Das waren große Organisationen, die sich für Tiere, aber auch für die Umwelt auf der ganzen Welt einsetzten. Besonders spektakulär fand Flori den Einsatz der Frauen und Männer gegen die Walfangboote.

Jetzt jedoch kramte sie in einem der Regale nach einer Dose, in der sie das Futter für Pitti aufbewahrte. Sie zog sie heraus und klappte den Deckel hoch. Mit einem Löffel füllte sie einige Körner in eine kleine Schale und stellte dann alles sorgsam wieder an seinen Platz.

Flori ging mit der winzigen Schale zu Pittis Käfig hinüber. Der kleine Spatz saß auf dem Boden. Er wetzte seinen Schnabel an einer Muschel, die Flori an den Käfigstäben befestigt hatte. Sie sah sich um. In dem Raum, in dem sie stand, hatte ihre Oma mittlerweile für Flori eine ganze Wand freigeräumt, ein Regal aufgestellt und einen Tisch dazu. Da gab es eine große offene Schachtel mit Laub und Zweigen für Ida, der Igeldame, einen geschlossenen Karton mit Loch und abnehmbarem Deckel, in welchem Heini, das Eichhörnchen, ein Zuhause gefunden hatte, Pittis Käfig, Adeles Käfig mit Laufrad für die Hamsterdame und ein Terrarium für Annabell, eine Schildkröte, die eines Tages in einer alten Ledertasche vor dem Tierheim gestanden hatte. Die Leute machten sich einfach nicht klar, dass Schildkröten richtig alt werden konnten und natürlich jahrelang Fürsorge brauchten.

So viele Tiere waren hier, um die sich Flori mittlerweile kümmerte. Von allen hatte sie ein Foto gemacht, ausgedruckt und an die Magnettafel gepinnt. Es war inzwischen eine bunte Sammlung der unterschiedlichsten Tiere. Doch Pitti war der erste Patient gewesen, den Flori aufgenommen und hierhergebracht hatte. Sein Foto hing hier schon am längsten.

Flori hatte den kleinen Spatzen vor fast drei Jahren im Sommer unter einem Busch im Garten gefunden. Er war aus seinem Nest gefallen und hatte sich den Flügel gebrochen. Eine Zeit lang hatten seine Eltern versucht, ihn zum Fliegen zu bewegen, hatten ihn versorgt und beschützt, doch als die Katze des Nachbarn kam, hatte Flori ohne zu zögern gehandelt. Vorsichtig hatte sie ein weiches Tuch über den winzigen Vogel geworfen und ihn mit beiden Händen achtsam hochgehoben. Wie einen Schatz hatte sie ihn zum Tierheim getragen und ihrer Oma auf den Schoß gesetzt.

Zusammen hatten sie den Flügel vorsichtig bandagiert, Pitti Pitti getauft und nach einem alten Käfig gesucht. Das war der Beginn gewesen. Im Laufe der Zeit war dann Heini dazugekommen, ein junges Eichhörnchen, das von einer Katze oder einem Hund verletzt worden war, Adele, die Hamsterdame, der ein Fuß fehlte, die aber dennoch gerne im Laufrad turnte oder Ida, die Igelin, die im Winter einfach nicht schwer genug gewesen war, um den Winterschlaf zu überstehen.

Sie hatten auch Patienten gehabt, die sie wieder aussetzen konnten, Karlos, die Krähe, Ben, den kleinen Rehbock, Sandra, eine winzig-kleine, braungraue Feldmaus mit flauschig-weichem weißen Bäuchlein.

Flori hatte sie alle geliebt. Oma Liddi hatte ihr bei der Pflege viel beigebracht, gezeigt und erklärt. Aber sie hatte auch immer wieder daraufhin gewiesen, dass solche Art der Pflege in sachkundige Hände gehöre.

»Auch ich habe meine Grenzen«, sagte sie, »für wirklich schwere Verletzungen gibt es die Tierärzte, oder für Vögel auch die Vogelauffangstation. Die können viel professioneller helfen. Nicht jeder, der Tiere liebt, ist auch geeignet, sie zu halten oder sie zu pflegen. Jedes Tier braucht seine ganz eigene Behandlung.«

Flori wusste genau, was Oma Liddi meinte. Eine Klassenkameradin, Melanie, hatte einen jungen Igel gefunden und ihn mit nach Hause genommen. Sie hatte ihn viel zu früh eingesammelt, er hätte den ganzen Spätsommer noch fressen und dicker werden können und dann hatte sie ihm auch noch Milch gegeben und Obst.

Dem Igel war es schlecht ergangen, doch glücklicherweise hatte Melanie sich an Flori gewandt, weil sie wusste, dass sie sich auch um Tiere kümmerte. Der kleine Igel hatte überlebt, gerade so.

Die Tiere, die Flori unter der Aufsicht und Anleitung ihrer Oma hier pflegte und aufpäppelte, hatten von ihr alle einen Namen bekommen. Und jedes Tier wurde an ihrer Fotowand verewigt und nie vergessen. Sie fühlte sich manchmal ein wenig wie Florence Nightingale, die ja auch dafür bekannt war, dass sie die Pflege von Kranken in den Mittelpunkt ihres Lebens gerückt hatte. Oma Liddi sprach oft von ihr als Vorreiterin der modernen westlichen Krankenpflege. Sie hatte in einer Zeit gelebt, als es noch keine wirklichen Krankenhäuser gab, geschweige denn ein ausgeklügeltes Pflegewesen oder elektrischen Strom.

Flori hatte durch ihre Oma tatsächlich gelernt, dass die Pflege eine Kunst war. Auch wenn ihre Pflegepatienten Tiere waren – Kunst blieb Kunst.

Während Oma Liddi am Schreibtisch saß und die Homepage des Tierheimes aktualisierte, nutzte Flori die Zeit, um mal wieder Klarschiff zu machen. Sie holte sich einen Eimer mit Wasser, einen Putzlappen, den Besen und das Kehrblech. Nach einer Stunde war sie fertig.

Ihr Blick schweifte zu dem Tisch hinüber, der zwischen dem Regal und den Käfigen stand. Feinsäuberlich aufgereiht lagen dort nun Verbandszeug, Scheren, Pflaster, Salben, Tinkturen, Klebeband und dergleichen mehr. Oma Liddi sagte immer, dass Ordnung und Sauberkeit der Pflege vorausgingen. Ohne das eine konnte das andere nicht funktionieren. Auch eine Regel, die sie aus den Schriften von Florence Nightingale hatte.

Die Tür ging auf und Jan trat ein. Er begrüßte Oma Liddi und Flori. Dann blieb er erstaunt stehen und pfiff durch die Zähne.

»Meine Güte«, sagte er bewundernd, »hier in deinem Raum ist alles pikobello, während in deinem Zimmer bei dir zuhause ein mittelschweres Chaos herrscht!«

Flori musste grinsen. Jan spielte auf den Tag an, an dem sie zusammen für eine Bioarbeit hatten lernen wollen. Flori hatte erst Zettel, Mappen, CDs, Bücher, Socken, ein leeres Glas und ihren Tennisschläger beiseite räumen müssen, bis Platz für Jan gewesen war.

»Wie bringst du sie nur dazu, hier die Ordnung in Person zu sein, Liddi?«, fragte Jan. »Flori interessiert sich doch sonst nie für Äußerlichkeiten, geschweige denn für Ordnung. Chaos ist ihr Ding!« Er grinste breit.

Oma Liddi wandte sich ihm zu und lächelte milde.

»Zeit für eine Pause, wenn ich das richtig sehe«, sagte sie und stand auf. Sie ging zum Schrank hinüber und holte drei Gläser und Apfelsaft hervor. Zusammen setzten sie sich an den Tisch.

Als sie eingeschenkt hatte, sagte sie: »Ich habe Flori viel von Florence Nightingale erzählt. Ihr waren Ordnung und Sauberkeit sehr wichtig.«

Jan lehnte sich zurück und trank von seinem Saft. Er wusste, dass Oma Liddi nun erzählen würde. Sie nahm sich immer Zeit für die beiden, das fand Jan schön. Zu Hause auf dem Bauernhof war selten Zeit für ausgedehnte Gespräche. Höchstens mal abends am Wochenende oder nach Feierabend. Doch da wurde dann meistens die Tagesschau geguckt.

»Florence ist als erste Frau und Pflegerin in einem Kriegslazarett im Krimkrieg gewesen«, begann Oma Liddi. »Der Krieg hatte 1853 begonnen, in einer Zeit also, in der es noch keine Autos oder Panzer gab. Die Soldaten gingen zu Fuß oder ritten auf Pferden. Die britischen Soldaten kämpften mit anderen Verbündeten gegen das Russische Kaiserreich.

Viele Tausende wurden verletzt. Sie wurden in ein Kriegslazarett in Scutari gebracht, wo viele von ihnen an Seuchen, Krankheiten oder an ihren Verletzungen starben. Als Florence mit ihren Pflegerinnen dort eintraf, erschrak sie sehr über die Zustände, die sie vorfand.

Die Verwundeten hatten Läuse und Durchfall, lagen auf kaltem, dreckigem Boden, hatte keine richtigen Betten, Laken, Decken oder auch nur einen eigenen Trinkbecher. Alles war schmutzig und elend. Und wisst ihr, was das Erste war, das Florence und ihre Pflegerinnen taten? Sie schrubbten die Böden, strichen die Wände und Florence sorgte durch Spendenaufrufe in England für Betten, Hemden und Essgeschirr. Sie machte das Leben und das Sterben für die Soldaten wieder menschenwürdig!«

Oma Liddi zwinkerte Flori zu. »Auch wenn unsere Flori zuhause vielleicht die Chaosqueen ist, manchmal recht, na, sagen wir, *diskussionsfreudig* sein kann und vieles infrage stellt, bei ihren Aufgaben hier bei uns murrt Flori nicht ein einziges Mal. Sie räumt den Tisch auf oder macht die Käfige sauber, weil sie weiß, dass es zum Wohl der Tiere beiträgt.«

Flori lächelte. »Na ja«, erwiderte sie, »*ich* brauche ja auch keine Pflege oder muss gesund werden.«

»Das bleibt abzuwarten«, lachte Jan, »vielleicht kriegst du irgendwann das Ich-versinke-im-Chaos-Virus!«

»Sehr witzig, echt«, sagte Flori trocken, trank ihr Glas aus und stand auf.

»Wie sieht es aus, Mister Perfect, bereit für die Kröten?«

Mittlerweile war es Mitte März und die ersten warmen Tage zogen ins Land. Der Schnee war längst weg und der Boden taute gänzlich auf.

Das war die Zeit der Krötenwanderung. Jetzt würden bald die Frösche und Kröten aus ihrer Winterstarre erwachen und sich auf den Weg zu den Laichplätzen begeben. Im letzten Jahr hatten die Mitarbeiter aus dem Tierheim und aus der Gemeinde von Demme Froschzäune entlang der Hauptstraße gezogen und so den Weg der Frösche und Kröten umgeleitet, die alle auf die andere Seite der Straße wollten, um dort zu laichen. Entlang der Zäune plumpsten die Tiere in die aufgestellten Eimer. In den Eimern wurden sie schließlich von Flori und den anderen Freiwilligen eingesammelt und auf der anderen Seite am Dorfteich wieder abgesetzt. Und diejenigen, die noch zwischen den »Haltestellen« unterwegs waren, wurden natürlich auch mitgenommen.

An dieser Aktion beteiligte sich sogar Floris Mutter, nicht so sehr, um die Frösche und Kröten zu retten, sondern um ihren Nächsten zu helfen, die alle aus dem Kirchenkreis waren und sich gemeinsam der Aktion anschlossen. Wie dem auch sei, sie half, und nur das zählte!

»Sorry«, sagte Jan und erhob sich ebenfalls, »heute geht es nicht. Ich wollte dir nur die Anmeldung für die Vereinsdoppel vorbeibringen. Bis nächste Woche müssen wir uns angemeldet haben.«

Er zog aus seiner Jackentasche ein sauber zusammengefaltetes Papier und überreichte es Flori.

»Nächstes Mal helfe ich wieder«, sagte er, »heute fahre ich mit meinem Bruder und Vater nach Osnabrück auf eine Messe! Danke für den Saft und viel Spaß euch!«

Mit diesen Worten verließ er den Raum. Flori sah ihn durch das Fenster auf seinem Mountainbike davonfahren.

»Oh nein, es regnet«, sagte Flori.

»Er ist ein prima Junge«, sagte Oma Liddi, wobei sie die Gläser und den Saft beiseite räumte.

»Und ein Drückeberger«, fügte Flori hinzu, lächelte aber.

»Ich werde draußen jetzt mal meine Runde machen«, sagte Oma Liddi und schlüpfte in ihre Gummistiefel und warf den Regenmantel über. »Ich hole dich nachher ab.«

Flori nickte und wandte sich dann ihren Patienten zu. Auf der To-do-Liste stand: Pitti: füttern, Heini: Verband wechseln, Annabell: frischer Salat.

Als sie fertig war blickte sie auf ihre Uhr und stellte fest, dass sie noch ein wenig Zeit hatte, bevor Oma Liddi von ihrer Runde durchs Tierheim zurückkam. Flori setzte sich auf ihren Hocker und zog ihr Handy aus der Hosentasche.

»AFA – Aid For Animals« gab sie ein. Sie wurde sofort auf die Homepage von *AFA Deutschland* geleitet und wischte sich durch die Seiten. Da gab es den Aufruf für mehr Menschlichkeit für Tiere, für die artgerechte Haltung von Tieren, die Forderung nach einer zweiten Chance für verletzte Tiere. Flori las, dass *AFA* eine internationale Tierschutzorganisation war, die sich dafür einsetzte, dass Menschen

Tieren mit Respekt, Mitgefühl und Verständnis begegneten, dass sie nicht nur Haustieren halfen, sondern auch Nutz- und Heimtieren und sogar Wildtieren.

Immer ging es auf den Seiten um ein artgemäßes und würdiges Leben für die Tiere. Die Mitarbeiter setzten sich mit Regierungen anderer Länder auseinander, starteten Kampagnen und leisteten umfangreiche Aufklärungsarbeit. Flori fand das großartig. Das, was sie hier im Kleinen tat, das tat diese Organisation im Großen. Wie hieß es da doch gleich? »AFA arbeitet lösungsorientiert und bietet Tieren in Not schnelle Hilfe aus erster Hand. Ziel ist es, in Politik, Wirtschaft und Gesellschaft Veränderungen zum Wohle der Tiere zu erreichen und zu festigen – mit Projekten, Kampagnen und Aufklärungsarbeit.«

Einfach großartig. Flori las weiter über Projekte von Bärenwäldern, der Befreiung von illegal gehaltenen Großkatzen, von Hilfe für Streunern oder Tieren in Notstandsgebieten. Missstände wurden aufgezeigt, aufgedeckt und versucht, zu beseitigen. Das Leitbild der Organisation war eine Vision von einer Welt, »in der Menschen den Tieren mit Respekt, Mitgefühl und Verständnis begegneten.« Endlich bekamen die Tiere eine Stimme, dachte Flori, einen Fürsprecher.

Die Tür ging auf und Oma Liddi stand im Regenmantel, in Gummistiefeln und mit zwei Eimern in der Hand da.

»Bist du fertig?«, fragte sie leicht außer Atem. »Alles klar?«

Flori steckte ihr Handy in die Hosentasche und stand auf.

»Aber sowas von«, sagte sie. Jetzt wusste sie endlich, wohin sie ihr Taschengeld spenden wollte.

***

AUKTIONSPLATTFORM FÜR LEBENDWARE

SellABuy gerät in Verruf

Im Internet anonym und kostengünstig inserieren

HANNOVER – Kleinanzeigen in Zeitungen oder am schwarzen Brett in den Supermärkten kennen wir. Doch die Kleinanzeigen im Internet ermöglichen es Tierschmugglern anonym und unerkannt, ihren grausamen Geschäften nachzugehen.

Nicht nur in München oder Kassel ist es vermehrt zu traurigen Funden toter Tiere gekommen, auch in der Nähe von Hannover wurden nun ins Land geschmuggelte Hunde und Katzen entdeckt.

In einer leerstehenden Fabrik in Ansing wurde gestern Nachmittag in einem Lagerraum ein Umschlagplatz von Tierschmugglern ausgehoben. Tierschützer hatten sich auf eine Kleinanzeige im Internet gemeldet und sich als potenzielle Verkäufer ausgegeben.

„Wir bekundeten Interesse an einer persischen Katze und einer Bordeauxdogge", erklärte Günther P. aus H. „Wir stellten eine Kontaktanfrage an den Verkäufer. Die persische Katze konnten wir direkt für schlappe 100 € erwerben, die Bordeauxdogge mussten wir ersteigern, blieben aber auch hier weit unter dem Marktwert."

Viele Menschen versprechen sich solch günstige Schnäppchen, wenn sie sich bei SellABuy-Kleinanzeigen umsehen. Reinrassige, sonst viel teurere Tiere, werden hier haufenweise angeboten.

„Gefundenes Fressen für die Tierschmuggler", sagte ein Sprecher der Polizei.

„Sie bleiben in dieser Plattform unerkannt und anonym."

Wie aber konnte der alte Lagerraum dann ausfindig gemacht werden?

Durch Zivilcourage. Wie die beiden Umweltschützer und Tieraktivisten berichteten, folgten sie nach Übergabe der Tiere heimlich dem Lieferwagen. Sie beobachteten, wie der Fahrer noch weitere Orte anfuhr und Tiere aus dem Inneren des Wagens an Kunden verkaufte.

Nach drei Stunden schließlich kehrte der Lieferwagen auf das Fabrikgelände zurück.

Günther P. fotografierte mit seinem Handy nicht nur Übergabe und Verkäufer, sondern auch den Lagerraum.

Die Fotos schickte er an die nächste Polizeistation. Die Beamten handelten sofort. Mit einem Einsatztrupp wurden die Lagerräume gestürmt. Was sie dort sahen, ließ selbst diese harten Männer erschauern. Hunderte von Tieren auf engstem Raum sahen sie an, manche lagen bereits tot zwischen den anderen. Freiwillige Tierärzte und das in Kenntnis gesetzte Tierheim versorgten die Tiere und brachten sie in Sicherheit. Die Schmuggler entkamen.

Smk

KAPITEL 3

GEBROCHENE PFOTE

Erst München, dann Kassel, jetzt Hannover. Das Problem rückte näher. Flori starrte auf ihr Handy, dann stellte sie den leeren Eimer in die Ecke des Raumes und zog sich das Regencape über den Kopf. Sie schüttelte sich.

Oma Liddi betrat den Raum mit zwei dampfenden Bechern. »Tee?«, fragte sie und hielt Flori einen Becher entgegen. Drei Stunden lang waren sie am Zaun auf- und abgelaufen und hatten Frösche in den Eimern über die Straße gesetzt. Jetzt war ihre Ablösung gekommen und Flori hatte Pause. Es war Samstag, das hieß, Flori hatte noch den gesamten Nachmittag für sich.

»Gehen wir wieder in den Steinbruch heute?«, fragte Flori während sie an der heißen Flüssigkeit nippte.

Oma Liddi schüttelte den Kopf. Sie zog ihre Gummistiefel aus, stellte sie säuberlich neben Floris und schlüpfte in ihre Puschen.

»Geht nicht«, sagte sie bedauernd, »heute kommen Interessenten für Charlie.«

Stimmt. Das hatte Flori ganz vergessen. Charlie war ein junger Kater, den sie im letzten Spätherbst im Eichenhain entdeckt hatten. Er war einem Nest des Eichenprozessionsspinners zu nahe gekommen.

»Dummer Kater«, hatte Oma Liddi gesagt, als sie ihn vom Waldboden aufgelesen hatte.

Charlie konnte kaum noch atmen, hatte eine geschwollene Zunge und wunde Haut an Pfoten, Gesicht und Bauch. Seine Augen waren entzündlich rot und geschwollen. Er musste an den juckenden Stellen geschleckt haben und so das Nesselgift der Raupen überall an seinem Körper und besonders in seinem Rachen verteilt haben.

Flori wusste, dass die Raupe sehr gefährlich war. Sie hatte allerdings nicht gewusst, dass das Gift ihrer Nesselhaare in einem bereits verlassenen Nest auch im Herbst und Winter und über mehrere Jahre noch aktiv war.

»So einem Nest darfst du dich nie ohne Schutzanzug nähern«, hatte ihre Oma ihr erklärt.

»Hätte das doch nur der Kater gewusst«, hatte Flori erwidert.

Sie hatten ihn sofort zu Dr. Meyer gebracht. Nach drei Tagen war Charlie über den Berg und zog ins Tierheim ein. Täglich wusch Oma Liddi ganz vorsichtig die wunden Stellen, rieb die Salbe vom Tierarzt regelmäßig ein und päppelte den jungen Kater auf.

Charlie hasste die Prozedur, wehrte sich mit seinen Krallen und fauchte und maunzte herzzerreißend. Doch Oma Liddi blieb ruhig und machte einfach weiter.

»Eine kluge und humane Behandlung des Patienten ist der beste Schutz vor Infektionen«, wiederholte sie dann ein ums andere Mal und wandte sich direkt an Charlie. »Florence Nightingale hatte dabei zwar Menschen im Sinn, aber das gilt für die Behandlung von kleinen dummen Katern auch! Also halt still und lass es über dich ergehen, dann wirst du bald wieder ganz gesund!«

Aber erst nach weiteren acht Wochen war sein Fell wieder soweit hergestellt, dass sie gute Fotos machen und ihn inserieren konnten. Jetzt hatte sich ein älteres Ehepaar gemeldet, das ihn gerne adoptieren würde. Schön für Charlie, dachte Flori.

»Gut, dann fahre ich nachher mal rüber zu Jan«, sagte sie, »wenn der Regen aufgehört hat.«

Gemütlich streckte sie die Beine von sich und schlürfte ihren Tee. Oma Liddi wandte sich ihrem Computer zu und schaute sich die Inserate der Tiere an. Das Foto von Charlie prangte auf der Titelseite der Homepage. Er war aber auch besonders schön. Gestochen grüne Augen, wacher Blick, schwarzglänzendes Fell.

Als Flori ihren Tee ausgetrunken hatte, schlüpfte sie wieder in ihre Gummistiefel und zog ihr Regencape über die Jacke – sicher war sicher. Dann verließ sie das Tierheim, schwang sich auf ihr Fahrrad und fuhr ein kleines Stück an der Hauptstraße entlang, wo die Damen aus dem Kirchenkreis damit beschäftigt waren, die Frösche einzusammeln. Sie winkte ihrer Mutter zu, grüßte die anderen und wünschte ihnen viel Spaß und bog dann ab in die Heerstraße. Noch ein kleines Stück weiter und dann links den Meisterweg entlang, bis sie schon den Hof von Lindgrüns auf der rechten Seite unter den Eichen liegen sah.

Die Wolkendecke am Himmel hatte sich aufgezogen und ließ einige Sonnenstrahlen hindurch. Flori bog rechts ab und radelte die geschotterte Auffahrt entlang bis sie das

Haupthaus erreicht hatte. Links und rechts lagen die Stallungen, die Scheunen, Schuppen und Lagerhallen. Es war ein großer landwirtschaftlicher Betrieb.

Bella, die Hofhündin, kam freudig auf Flori zugesprungen, sie kannte sie schon. Vor der Haustür auf der Fußmatte dösten zwei träge Katzen und genossen die wärmenden Sonnenstrahlen auf ihrem Pelz.

Der Weg hier heraus war sicher nicht länger als zwei Kilometer, aber wenn Flori den Hof betrat, war es für sie fast wie Urlaub. Hier tickte die Zeit irgendwie anders, hier roch es gut nach Stroh, Heu und Tieren. Sie liebte das.

Flori lehnte ihr Rad an die Hauswand und trat vorsichtig an die Haustür heran. Sie wollte die Katzen nicht verscheuchen. Aber das wäre ihr wahrscheinlich auch gar nicht gelungen, selbst wenn sie es vorgehabt hatte. Träge zuckten Mitzi und Minka mit ihren Schwänzen und hoben nicht einmal den Kopf, als Flori nähertrat.

Flori grinste auf sie hinunter, dann drückte sie den Klingelknopf.

Nach wenigen Sekunden ging über ihrem Kopf ein Fenster auf und Jans Mutter sah heraus. Sie lächelte, als sie Flori erkannte.

»Jan ist nicht da«, sagte sie, »er ist heute mit seinem Vater und seinem Bruder auf eine landwirtschaftliche Ausstellung nach Osnabrück gefahren!«

»Ach, schade«, erwiderte Flori, »ich hatte gedacht, er sei schon zurück.«

Flori war ein wenig enttäuscht, sie wäre gerne mit Jan durch die Gegend gestreift oder hätte beim Füttern der Tiere geholfen.

»So ganz spät werden sie aber nicht wieder da sein, da hast du schon recht«, fügte Frau Lindgrün hinzu, »schließlich soll Sonja heute ihr Kalb bekommen.«

»Wenn Sie nichts dagegen haben, Frau Lindgrün«, sagte Flori, »dann lass ich mein Fahrrad hier stehen und wandere ein wenig zum alten Steinbruch hinauf. Vielleicht finde ich ein verletztes Tier.«

»Nur zu, Flo«, rief Frau Lindgrün, »dein Fahrrad stört da nicht!«

Sie winkte Flori noch einmal zu und schloss dann das Fenster. Flori griff nach ihrer Wasserflasche und ihrer Umhängetasche, die sie auf solchen Wanderungen immer dabeihatte. Es war eine kleine Ersthilfe-Ausrüstung, die sie von ihrer Oma zum Geburtstag geschenkt bekommen hatte.

»Ohne eine solche Tasche«, hatte sie erklärt, »gehe ich nie in den Wald. Wenn man helfen will, muss man auch gut vorbereitet sein.«

Flori tastete in ihrer Innentasche nach ihrem Handy – ohne das sie auch niemals loswanderte – drehte sich um, kraulte Bella, der Berner Sennenhündin, noch einmal hinter ihren Ohren und marschierte dann los. Sie folgte dem Schotterweg hinter dem Hof hinauf zum alten Steinbruch. Sie durchwanderte Felder und Wiesen und überquerte schließlich den Hasenbach über einen Holzsteg. Gut, dass sie ihre Gummistiefel anhatte und nicht ihre Sneakers. Die Wiesen waren feucht, große Pfützen durchzogen den Feldweg und Sand war zu Matsch geworden.

Nach etwa einer Viertelstunde hatte sie den alten Steinbruch erreicht. Wie ein halbrunder Kessel öffnete er sich vor ihr und zog eine Schneise in den Wald. Sie stand unten im Halbrund und blickte sich um. Seit vielen Jahren lag er verlassen hier oben im Wald, sodass seine steilen Wände mittlerweile wieder bewachsen waren und vielen Tierarten Lebensraum und Schutz boten.

Hier in der Nähe hatte Flori Ida gefunden und etwas weiter oberhalb der rechten Wand hatte Heini gelegen. Der Weg hinauf war beschwerlich. Ein Trampelpfad der Rehe führte dort hoch, aber Flori hatte ihrer Oma versprochen, nie allein dort hinauf zu steigen, besonders dann nicht, wenn es geregnet hatte, auch wenn es schneller ging, als den Forstweg auf der rechten Seite zu nehmen. Flori hielt sich daran – immer, denn ihr war klar, dass sie anderen nicht mehr helfen konnte, wenn sie selbst in Not geriet.

Flori wandte sich erst der linken Seite des Steinbruches zu und suchte die Wände, die Büsche und den Boden ab. Sie fand heute nichts. Rechts vor dem Eingang des Bruches schlängelte sich der Forstweg nach oben in den Wald. Er war wesentlich breiter als der Trampelpfad der Tiere und weniger steil, denn hier fuhren auch die Forstfahrzeuge, deshalb durfte Flori ihn allein gehen. Mit Jan war sie schon oben gewesen, auch mit Oma Liddi, aber der Wald war dort so dicht und fast undurchdringlich, dass sie selten ganz hinaufstiegen.

Heute jedoch hatte Flori Lust und Zeit. Der Regen hatte aufgehört, die Sonne brachte Licht ins Dunkel des Unterholzes, also schienen ihr die Voraussetzungen mehr als gut. Sie begann den Anstieg. Obwohl Flori seit einigen Jahren Tennis spielte und viel Fahrrad fuhr, war sie nach nur wenigen Metern außer Puste. Immer wieder hielt sie an und verschnaufte. Das Cape zog sie aus, das konnte man zum Glück winzig klein zusammenfalten und in die Tasche stecken. In ihrer Jacke war ihr wirklich warm genug. Der Weg war zwar nicht so steil wie der Trampelpfad, aber auch beschwerlich und viel länger. Manchmal musste Flori über einen umgefallenen Baumstamm steigen, immer wieder durch Pfützen waten oder sie umrunden oder auch an Gestrüpp vorbei, das den Weg für sich eroberte. Am schlimmsten waren die wilden Brombeeren, denn sie rissen Haut und Kleidung kaputt.

Flori wusste, dass die Forstarbeiter den Pfad eigentlich mindestens zweimal im Jahr säuberten, weil auch sie im Wald oberhalb des Steinbruches arbeiteten. Aber das schien im letzten Jahr versäumt worden zu sein.

Nach einer dreiviertel Stunde hatte sie endlich den oberen Rand des Steinbruches erreicht. Sie beugte sich vor, stützte die Hände auf die Knie und rang nach Atem. Dann zog sie ihre Wasserflasche heraus und nahm drei, vier große Schlucke. Als sie wieder halbwegs zu Atem gekommen war, folgte sie dem Forstweg noch ein Stück weit in den Wald hinein. Wenn man ihm bis zum Ende folgte, gelangte man an einen Abzweig. Der rechte Weg führte nach Dinkel hinunter, der linke Weg verlor sich irgendwann hinter einer Futterkrippe für Rehe im Wald in *Heuers Forstgrund*. Flori beschloss, diesen Weg einzuschlagen. Die Futterstelle war ein guter Orientierungspunkt.

Nach weiteren fünfzehn Minuten hatte sie den Ort erreicht und fast augenblicklich endete der Forstweg. Nun ging es nur noch im Unterholz weiter.

Flori setzte sich für einen Moment auf einen Stapel dicker Baumstämme, die hier feinsäuberlich markiert und übereinandergeschichtet waren. Sie sah sich um. Das Licht-

und Schattenspiel zwischen den Bäumen faszinierte sie jedes Mal. Am schönsten war es, wenn der Wind die Wolken vor die Sonne schob und kurz darauf wieder wegriss, dann schien das Licht im Wald zu tanzen.

Flori dachte an die Regenwälder im Amazonas, die täglich abgeholzt wurden, sie dachte an die vielen Tiere, die dadurch ihre Heimat, ihren Lebensraum verloren, dachte an die Profitgier der Menschen, die leider den Tieren und der Umwelt nicht so respektvoll gegenüberstanden, wie die großen Umweltschutzorganisationen das forderten. Sie war für einen Moment lang so tief in Gedanken versunken, dass sie um sich herum nichts wahrnahm. Doch dann drang ein leises Winseln erst an ihre Ohren, dann in ihr Bewusstsein.

Sofort waren Floris Sinne geschärft. Sie sprang auf und verharrte reglos und angespannt auf der Stelle. Hatte sie das nur geträumt? Hatte sie sich verhört? Hatte sie ein Winseln gehört, weil sie an all die armen Tiere gedacht hatte? Aber nein, da war es wieder. Ganz leise und ganz schwach.

Flori konzentrierte sich, schaute genau hin, durchforstete das Unterholz und folgte langsam dem Geräusch. Brach es ab, blieb sie stehen, setzte es kläglich wieder ein, ging sie langsam weiter. Und dann sah sie etwas. Im dichten Gestrüpp, zwischen alten Farnen und Brombeerzweigen lag jemand oder etwas. Floris Herz stockte. Dann klopfte es wie wild bis zu ihrem Hals hinauf. Vorsichtig ging sie weiter und dann erkannte sie, was es war.

Etwa zehn Meter von ihr entfernt lag ein Hund. Fell und Gesicht waren blutig und völlig verdreckt. Der Bauch hob und senkte sich schnell und immer wieder kam ein winselndes Geräusch aus seinem Maul.

Flori näherte sich vorsichtig. Am liebsten hätte sie sich auf das arme Tier gestürzt, es getröstet und in die Arme genommen, aber von Oma Liddi hatte sie Umsicht und Vorsicht gelernt. Nicht alle Tiere, die Schmerzen litten, ließen sich bereitwillig helfen, das beste Beispiel war ja Charlie gewesen, der sogar seine Krallen ausgefahren hatte.

Außerdem musste Flori erst dichter heran, um erkennen zu können, was da eigentlich los war, was das für ein Hund war. War er freundlich? War er aggressiv?

Was Flori erkennen konnte, war, dass der Hund auf der Seite lag, goldbraunes Fell schimmerte durch den Dreck hindurch. War das ein heller Hovawart? Ein Golden Retriever?

Flori rief leise nach dem Hund, sprach ihn mit heller, freundlicher Stimme an. Für einen kurzen Moment setzte das Winseln aus und Flori meinte zu sehen, dass der Hund versuchte, seinen Kopf zu heben. Als das nicht gelang, setzte das Fiepen wieder ein, aber diesmal wedelte der Hund zaghaft mit dem Schwanz.

Ein gutes Zeichen, dachte Flori. Sie hatte den Hund nun fast erreicht, aber bevor sie sich zu ihm niederbeugte, zog sie ihr Handy aus der Tasche. Sie rief ihre Oma an. Doch hier oben im Wald hatte sie keinen Empfang.

»So ein Mist«, nuschelte Flori.

Dann machte sie kurzerhand ein Foto, schrieb ihren Aufenthaltsort dazu und schickte es an Oma Liddi ab. Die gleiche Nachricht schickte sie an Jan. Wenn er heute Nachmittag wieder zu Hause war, konnte er ihr eventuell helfen. Irgendwann kam sie wieder in den Sendebereich, dann würden ihre Oma und auch Jan die Nachricht erhalten.

Flori steckte das Handy wieder in die Tasche und beugte sich nun vorsichtig über den Hund. Es war ein Golden Retriever, mager, zerschunden, aber ein reinrassiger Golden Retriever. Eine schwere Kette war ihm um den Hals gelegt, sie hatte sich im Gestrüpp des Waldes verfangen. Wie um alles in der Welt war dieses Tier hierhergekommen?

Die ganze Zeit über behielt Flori seine Rute und auch sein Gesicht im Blick. Er wedelte immer noch leicht mit dem Schwanz. Flori weinte fast vor Zorn. Was war diesem armen Tier nur widerfahren? Über das Gesicht zog sich eine tiefe, blutige Schramme, auch am Rücken blutete das Tier. Die linke Vorderpfote schien gebrochen zu sein, sie war geschwollen und hing schlapp herunter. Das Fell war verschmutzt, zerzaust und durch die Dornen der Brombeeren zerrissen.

»Blöde Brombeeren«, fluchte Flori.

Immer weiter sprach Flori auf den Hund ein, bis dieser die Augen ein wenig öffnete. Die ganze Zeit über wedelte er mit seinem Schwanz und dann entschloss Flori, es zu wagen. Sie streckte eine Hand aus und berührte den Hund vorsichtig. Sofort wurde das Wedeln stärker und die Augen schlossen sich wieder.

»Es wird alles gut, mein Freund«, beruhigte Flori ihn. Doch leise weinte sie. »Es wird alles gut, hörst du?«

Sie streichelte sanft das zerschundene Tier und versuchte dabei die schwere Kette zu lockern. Ihre Haare fielen ihr ins Gesicht und verfingen sich im Gestrüpp. Mit einem geübten Handgriff band sie sie zu einem Zopf zusammen. Dann versuchte sie erneut, die Kette zu lösen. Schließlich gelang es ihr und sie schob die Kette beiseite. Dann zog sie ihre Wasserflasche heraus und träufelte dem Hund etwas Wasser auf die Zunge. Dankbar schleckte er alles auf. ‚Warum hab ich nur vorhin so viel getrunken', ärgerte sich Flori. Und dann wurde ihr ihre Lage schlagartig bewusst: Wie um Himmels willen sollte sie den Hund nach unten transportieren?

Sie musste den ganzen Weg zurücklaufen und Hilfe holen, das würde mehr als eine Stunde dauern. Und dann musste sie ja auch wieder zurück, den Forstweg hinauf bis zu dieser Stelle. Das war dann noch einmal doppelt so viel Zeit. Es war zum Verzweifeln! Sie konnte doch den Hund hier nicht einfach allein zurücklassen? Er würde sich wieder verlassen fühlen und vielleicht aufgeben!

Nein, das ging nicht. Immer noch streichelte sie das Tier, sie fühlte seine Rippen unter ihrer Hand, seinen mageren Körper. Er war dünn und wog bestimmt nicht mehr viel, aber sicher immer noch mehr, als sie die ganze Strecke tragen konnte.

Aber vielleicht musste sie ihn nur bis dorthin tragen, wo sie wieder Handyempfang hatte? Dann würde ihre Oma die Nachricht sehen und ihr sicherlich helfen!

Was konnte Flori also tun … Kurzerhand knöpfte sie ihre Jacke auf. Dann blickte sie sich um und fand, wonach sie suchte. Zwei dickere Äste, die sie mit ihrem Taschenmesser von kleineren Zweigen und altem Laub befreite, dienten ihr als Tragebalken. Sie hatte das einmal in einem alten Western gesehen, da hatten Indianer ihre Alten und Kranken auf eine Art Trage gebettet und hinter dem Pferd hergezogen. Sie hatte kein Pferd, würde also selbst ziehen müssen, aber das würde sie schaffen – unbedingt!

Sie zog die Ärmel ihrer Jacke über die Äste und fertig war die behelfsmäßige Trage. Dann räumte sie das Umfeld des Hundes frei, zog vorsichtig die Brombeeren beiseite und kramte in ihrer Umhängetasche. Sie zog drei Rollen Verbandsmaterial heraus und legte es neben die verletzte Pfote des Hundes. Schließlich schüttelte sie ihr Regencape aus und platzierte es neben dem Hund auf den Boden.

»Es wird jetzt vielleicht etwas wehtun«, flüsterte sie dem Tier zu und streichelte es die ganze Zeit, »aber du hast es bald geschafft. Ich bringe dich in Sicherheit und kümmere mich um dich, versprochen!«

Flori legte eine der Rollen ganz sanft auf die Pfote, die andere darunter und umwickelte mit der dritten Binde das gesamte Bein. Die festen Rollen sollten die Pfote etwas stabilisieren. Der Hund winselte auf, ließ sich aber alle Handgriffe gefallen. Vielleicht ahnte oder spürte er, dass Flori ihm nur helfen wollte.

Als Flori damit fertig war, schob sie beide Hände langsam unter den Hundekörper. Sie wollte ihn auf das Cape legen, um ihn damit besser auf die Trage hieven zu können. Doch so abgemagert der Hund auch war, er war zu schwer für Flori, sie konnte ihn nicht anheben. Tränen rannen ihr permanent die Wangen hinunter.

»Ok, so geht es nicht«, murmelte sie, »dann muss ich es anders versuchen.«

Wieder schob sie die Hände unter den Leib des Hundes. Sie wollte ihn vorsichtig über den Rücken auf das Cape rollen. Der Hund winselte auf, vermutlich tat ihm die verletzte Pfote sehr weh. Flori zerriss es fast das Herz. Ein Ausspruch ihrer Oma kam ihr in den Sinn. Wenn sie Tieren wehtun musste, um sie zu retten, dann sagte sie immer: »Herz, du verlierst sehr viel, wenn du nichts aushältst!«

Flori wusste, dass das auch ein Zitat von Florence Nightingale war, die sicherlich viel Elend und schlimme Verletzungen gesehen hatte und das gab ihr jetzt Mut und Kraft. Mit einer letzten Anstrengung und ohne auf das Winseln des Tieres zu achten, rollte sie den Hund auf das Cape.

»Geschafft«, rief sie und streichelte den Hund, um ihn zu beruhigen.

»Zumindest den ersten kleinen Schritt auf dem Weg zur Besserung«, sagte Flori jetzt mit mehr Zuversicht und Hoffnung in der Stimme. Der Hund schleckte ihr über den Handrücken. Erst jetzt bemerkte Flori, dass ihre Hände ebenfalls aufgerissen und blutig waren, aber das kümmerte sie nicht.

Für einen Moment blieb Flori bei dem Hund sitzen und spendete ihm Trost, dann jedoch stand sie auf und nahm den nächsten Schritt in Angriff. Sie legte die Trage neben das Cape, hob dann die Enden des Capes hoch und damit vorsichtig den Hund an, bis er über dem Waldboden schwebte. Dann ließ sie ihn so langsam wie möglich auf die Trage sinken.

»Jetzt geht es los, mein Freund«, sagte sie aufmunternd und hob die beiden Äste an der einen Seite an. Sie stellte sich dazwischen und zog die Trage Stück für Stück hinter sich her über den Waldboden. Der Hund und die Trage waren doch schwerer als gedacht, aber sie würde jetzt auf keinen Fall aufgeben. Immer wieder ruckte sie ein Stück vorwärts, sah sich nach dem Hund um, der völlig entkräftet auf der Trage lag und behielt den Weg im Blick. Hatte sie es erst aus dem Unterholz herausgeschafft, dann würde es leichter gehen.

Als sie die Futterkrippe für die Rehe erreicht hatte, machte sie eine kurze Rast. Schultern, Rücken und Arme schmerzten. Sie würde es auf gar keinen Fall den langen Forstweg hinunterschaffen. Für dieses kleine Stück hatte sie über zwanzig Minuten gebraucht.

Ein Gedanke bahnte sich durch ihre Hirnwindungen und wurde schließlich zu einem Entschluss. Sie würde den kürzen Trampelpfad der Rehe gehen. Sie würde richtig doll aufpassen müssen, das war ihr klar, aber sie war ja kein kleines Kind mehr.

Entschlossen stand sie auf und wandte sich nach links. »Das wäre doch gelacht, wenn ich das nicht schaffe!«

***

VOLLSPERRUNG AUF DER A1

Schwerer Unfall mit Todesfolge

Kleintransporter überschlug sich mehrmals

OSNABRÜCK – In den frühen Morgenstunden ereignete sich auf der A1 ein schwerer Unfall. Ein Kleintransporter raste mit überhöhter Geschwindigkeit in die Leitplanke einer Baustelle und überschlug sich mehrmals. Der Fahrer war sofort tot. Die Tiere im Laderaum überlebten schwer verletzt.

Auch in Niedersachen ist nun der erste Fall von Tierschmuggel bekannt geworden. Wie die Polizei berichtete, verursachte ein Kleintransporter auf der A 1 in Höhe der Ausfahrt Holdorf einen schweren Unfall.

Mit überhöhter Geschwindigkeit war er in eine Baustelle gerast, hatte einen weiteren PKW gerammt und sich dann mehrmals überschlagen. Völlig zerbeult war er im Graben zum Liegen gekommen. Der Fahrer des von ihm gerammten PKWs erlitt einen Schock, aber sonst keine schwerwiegenden Verletzungen. Nach wenigen Minuten war er in der Lage, sein Fahrzeug zu verlassen und die Unfallstelle zu sichern. Ein dazukommender LKW-Fahrer alarmierte die Polizei.

Beide Fahrer sahen sofort nach dem sich überschlagenden Fahrzeug, mussten aber erkennen, dass dort jede Hilfe zu spät kam. Als die Polizei und der Rettungswagen einige Minuten später am Unfallort eintrafen, konnten sie den Fahrer nur tot aus seinem Fahrzeug bergen.

Doch es gab auch Überlebende.

Wie Polizeisprecher Konrads der Zeitung mitteilte, fand man im Laderaum des Transporters dutzende Käfige, in denen Tiere saßen.

„Die Käfige waren übereinandergepurzelt, die Tiere zum Teil eingequetscht und verletzt, aber wir konnten alle lebend bergen", so Konrads. Dies ist bereits der vierte schwere Fall von aufgedecktem Tierschmuggel bundesweit in den vergangenen Wochen.

Aus anfänglichen Einzelfällen wird ein Geschäft mit System. Die Tiere werden nach Deutschland gebracht und günstig an Liebhaber reinrassiger Tiere verkauft.

Konrads erklärt: „Für eine reinrassige Bordeauxdogge muss man bei einem seriösen Züchter mehr als 1000 € bezahlen, diese Tierschmuggler verkaufen sie für weit unter der Hälfte. Dabei verdienen sie immer noch gut und der Käufer macht ein sogenanntes Schnäppchen!"

Noch einmal appellieren Polizei und Tierschützer an die Bevölkerung, diesen Handel nicht zu unterstützen.

ED

KAPITEL 4

CAP

Der Rest des Tages verging wie in einem Alptraum. Flori sollte sich später nur noch bruchstückhaft daran erinnern können. Sie zog den Hund auf ihrer behelfsmäßigen Trage den steilen Trampelpfad hinab. Die letzten Meter rutschte und schlitterte sie und suchte verzweifelt nach Halt, denn das Gewicht der Trage drückte sie immer schneller immer tiefer hinab. Flori schrie laut und verzweifelt, sie sah sich schon mit gebrochenem Hals neben dem toten Hund liegen, als sie plötzlich eine Stimme von unten hörte. Jan!

Jan war gekommen. Er hatte ihr Foto und ihre Nachricht erhalten und war sofort mit einer Schubkarre den Wiesenweg hinauf zum Steinbruch gelaufen. Er hatte schon den Forstweg hinaufsteigen wollen, als er Floris Schrei aus dem Steinbruch vernommen hatte.

Jetzt kletterte er ihr entgegen, fing den Schub der Trage auf und zusammen schafften sie es, den Hund heil nach unten zu bringen. Danach verschwamm die Erinnerung. Flori wusste nur noch, dass Jan den Hund in ihrem Cape vorsichtig auf ihre Jacke in die Schubkarre gelegt und den ganzen Weg zum Hof hinuntergeschoben hatte, während sie selbst wie in Trance neben ihnen her getaumelt war.

Unten am Hof wartete Oma Liddi. Sie telefonierte. Als sie die beiden mit dem Hund in der Schubkarre entdeckte, lief sie eilig auf sie zu, fragte, ob Flori in Ordnung sei, wechselte ein paar kurze Worte mit Jan und kümmerte sich dann absolut professionell um den verletzten Hund.

Flori war so erschöpft, dass sie keine große Hilfe mehr war. Sie hatte den langen Weg vom Steinbruch zurück geweint, hatte geweint, als sie ihre Oma sah, weinte, als sie den Hund in Oma Liddis Kombi legten und weinte immer noch, während sie zum Tierarzt fuhren. Die ganze Zeit weinte sie, doch so sehr sie sich auch bemühte, sie konnte es nicht aufhalten. Irgendwann jedoch hörte wenigstens das Schluchzen auf und nur noch stumme Tränen rannen ihr die Wangen hinunter. Aber ganz abstellen konnte sie das nicht.

Oma Liddi drückte ihr beim Fahren immer wieder kurz die Hand und Jan, der mitgekommen war und hinter ihr im Auto saß, legte ihr eine Hand auf die Schulter.

Flori hatte sich anschließend über sich selbst geärgert, dass sie so verweichlicht war, nervlich fertig und weinerlich, bis sie erkannt hatte, dass es nicht Verzweiflung oder Fürsorge waren, die sie zum Weinen brachten, sondern ein überwältigender Zorn auf denjenigen, der den Hund dort oben ausgesetzt hatte.

Zwei Stunden lang warteten die drei im Wartezimmer von Dr. Meyer, während der sich um seinen Patienten kümmerte. Oma Liddi hatte ihn bereits vom Hof aus angerufen und den Notfall angekündigt, sodass er sofort aus seiner Praxis gekommen war, als sie mit dem Auto die Einfahrt hochfuhren.

Dr. Meyer hatte eine richtige Bahre dabeigehabt. Gemeinsam hatten sie den Hund da draufgehoben und ihn in das Behandlungszimmer geschoben.

Dr. Meyer hatte Flori ein paar antiseptische Tücher in die Hand gedrückt und gesagt: »Du solltest dir damit das Gesicht und die Schrammen an den Händen abwischen, Flori, sonst bist du der nächste Patient.«

Flori hatte genickt und getan, wie er geraten hatte. Dann hieß es warten.

Jan versuchte, Flori abzulenken, doch als er merkte, dass Flori nicht sprechen wollte oder konnte, schwieg auch er. Flori bedeutete das viel, er wusste, was ihr guttat und war einfach nur da. Oma Liddi saß kerzengerade auf ihrem Stuhl und wirkte nach außen ganz ruhig, doch zwischendurch kaute sie an ihren Fingernägeln, ein eindeutiges Zeichen von Nervosität, wie Flori wusste.

Dann kam Dr. Meyer endlich in das Wartezimmer. Er sah erschöpft aber zufrieden aus.

»Er wird es schaffen«, sagte er schlicht und lächelte dabei. »Gut gemacht, Florentina, gut gemacht, Jan! Und gut gemacht, Lydia!«

»Darf ich zu ihm?«, wollte Flori wissen und sah ihn mit großen, verweinten Augen an.

»Selbstverständlich, der Patient wartet doch schon auf dich.«

Sie alle betraten das Behandlungszimmer. Flori hätte den Hund fast nicht wiedererkannt. Sein Fell war gesäubert und kurzgeschoren, seine Wunden versorgt und seine Pfote geschient.

Er war noch leicht benommen von der Betäubung, die er

erhalten hatte, wedelte aber mit dem Schwanz, als er Floris Stimme hörte.

»Bitte«, sagte Flori zu Oma Liddi und Jan, als Dr. Meyer kurz nach draußen ging. »Erzählt bloß nicht Mama und Papa, dass ich den Trampelpfad im Steinbruch mit ihm hinuntergeklettert bin, bitte, sonst lassen sie mich nie wieder dort hinauf!«

Oma Liddi nahm sie in die Arme. »Es reicht vollkommen aus, wenn wir erzählen, *dass* du einen Hund gerettet hast, das *Wie* behalten wir für uns.« Sie zwinkerte Jan zu.

»Wozu ist das da?«, fragte dieser und deutete auf einen Infusionsschlauch, der in der gesunden Pfote steckte.

»Das ist eine Kochsalzlösung gegen Dehydrierung. Außerdem sind Schmerzmittel und Glucose, Vitamine und Nährstoffe darin«, erklärte Dr. Meyer, der zurück in den Raum gekommen war. »Unser Patient hier hat sehr viel Gewicht verloren, hat diverse Wunden an Gesicht, Bauch und Rücken und eine gebrochene Pfote. Auch Würgemale am Hals sind zu erkennen und Einschnitte an den Flanken. Er muss an einer Kette gelegen haben und misshandelt worden sein.«

Wieder stiegen bei diesen Worten Wut und Zorn in Flori hoch.

»Wenn ich tippen müsste«, meinte Dr. Meyer, »dann ist er seinen Peinigern nur knapp entronnen. Oder man hat ihn bewusst im Wald zum Sterben zurückgelassen.«

»Aber wer macht denn so was?«, brüllte Flori fast.

»Tierschmuggler, die keine Verwendung mehr für ein verletztes Tier haben«, war seine kurze und sachliche Antwort. »Man hört das in letzter Zeit immer wieder. Hunde, die nicht zum Weihnachtsgeschäft vermittelt werden, werden in Müllsäcken erstickt und im Wald abgeladen. Es liegt nahe, dass dieser hier seine Pfote gebrochen hat und deshalb nicht mehr zur Vermittlung taugte.«

Flori strich dem Hund sanft über das kurzgeschorene Fell.

»Es wird wieder wachsen«, lächelte Dr. Meyer. »Ich behalte ihn ein paar Tage hier, bis er kräftig genug ist, wieder selbst zu stehen und zu fressen. Dann dürft ihr ihn holen.«

»Bitte, Paul, kannst du noch kurz überprüfen, ob er einen Chip hat?«, wollte Oma Liddi noch wissen. »Nur, um ganz sicher zu sein.«

Flori wusste, dass alle Hunde in Deutschland und auch alle legal eingeführten Hunde mittlerweile einen Transponder haben mussten.

»Natürlich«, erwiderte Dr. Meyer. Er griff nach einem Lesegerät und hielt es über den Hund. Egal, worüber er strich, es piepte nicht.

»Kein Transponder, auch keine Tätowierung, Marke oder Sonstiges.«

»Ich werde trotzdem die einschlägigen Seiten abklappern, ob er vermisst wird«, erklärte Oma Liddi und wandte sich dann an Flori und Jan.

»Tee gefällig?«

Den Rest des Nachmittages saßen sie im Tierheim am Computer, tranken Tee, kontaktierten Tasso und studierten Hundevermisstenanzeigen aus der Region. Weder bei Tasso, der Tierschutzorganisation mit dem größten Tierzentralregister ganz Europas, noch sonst irgendwo gab es Hinweise auf den Golden Retriever aus dem Wald.

Flori durchforstete die Zeitung nach eventuellen Vermisstenanzeigen eines Golden Retrievers, dabei stieß sie auf den Artikel über den Unfall auf der A1. Sie erschrak ein wenig über sich selbst, als sie merkte, dass sie mit dem tödlich verunglückten Fahrer kein bisschen Mitleid hatte.

Immer wieder kehrten ihre Gedanken zu dem Hund zurück. Ob er es schaffen würde?

Fünf Tage später schließlich konnten sie ihn bei Dr. Meyer abholen. Nun lag er ganz zufrieden und zusammengekuschelt in seinem Körbchen und hatte seinen Kopf auf Floris Bein gelegt.

Zärtlich streichelte sie den Hund, den sie gerettet hatte.

»Wie sollen wir ihn nennen?«, fragte Flori. »Wenn er niemandem gehört, dann hat er auch keinen Namen.«

Sie legte sanft ihre Hand auf seinen Kopf. Die Schrammen und Risse verheilten bereits.

»Teddy? Oder Amando?«

Sie überlegte noch ein Weilchen und nannte noch einige Namen, dann sagte sie plötzlich: »Egal, was Mama und Papa sagen, ich werde Tierärztin. Der Entschluss steht fest, da können sie reden, wie sie wollen!«

Oma Liddi hörte das und blickte von ihrer Arbeit auf. Sie war gerade dabei, Heinis Verband abzunehmen, er sollte in den nächsten Tagen ausgewildert werden. Der Frühling kam nun mit großen Schritten, es wurde draußen wärmer und heller.

»Du bist genauso hartnäckig wie dein Vater«, sagte sie lachend, »das wird ein Kampf auf Leben und Tod!«

»Wenn ich das richtig in Erinnerung habe«, erwiderte Flori, »dann hat Florence Nightingale, von der du so schwärmst, auch nicht das gemacht, was ihre Eltern wollten! Vielleicht sollte ich sie mir zum Vorbild nehmen.«

»Vielleicht solltest du das«, sagte ihre Oma nun ganz ernst. »Es ist nicht das Schlechteste, ein Vorbild zu haben, das sich nicht scheute, in die Brandung zu springen.«

»Was meinst du damit?«, fragte Flori.

»Nun ja«, sagte Oma Liddi, »Florence Nightingale hatte sich schon sehr früh dazu berufen gefühlt, Pflegerin zu werden. Und nicht nur das. Sie wollte auch eine richtig gute Pflegerin werden, wollte andere dazu ausbilden und einen anerkannten Beruf daraus machen.«

Flori wusste von ihrer Oma, dass Florence Nightingale 1820 in Florenz, einer Stadt in Italien, geboren wurde, obwohl sie eigentlich Engländerin war. Aber ihre Eltern waren gerade auf einer Reise durch Europa gewesen, als Florence beschloss, auf die Welt zu kommen. Kurzerhand wurde sie nach ihrem Geburtsort Florenz benannt. Schon früh hatte sie erkannt, dass sie durch Pflege anderen Menschen helfen wollte und das als ihre Berufung gesehen.

Florence Nightingale war eine mutige Frau gewesen, die wesentlich dazu beigetragen hatte, die Krankenpflege zu einem gesellschaftlich geachteten und anerkannten Beruf zu machen. Sie ging sogar soweit, dass sie ihre Pflegerinnen ausbildete und Standards für den Beruf festlegte. Sie wollte neben dem Wissen, das Ärzte hatten, auch ein Wissen vermitteln, das Pflegerinnen haben sollten. Oma Liddi hatte sie oft zitiert: »Krankenpflege ist keine Ferienarbeit. Sie ist eine Kunst und fordert, wenn sie Kunst werden soll, eine ebenso große Hingabe, eine ebenso große Vorbereitung, wie das Werk eines Malers oder Bildhauers.«

Für Florence war der Körper des lebendigen Menschen der Tempel für Gottes Geist.

Und das alles hatte sie in einer Zeit gefordert, in der es nicht einmal das Wahlrecht für Frauen gab, geschweige denn, dass Frauen überhaupt irgendetwas zu melden hatten. Sie hatten zu heiraten und sich den Männern unterzuordnen. Flori bewunderte das.

»Das weiß ich ja«, erwiderte Flori, die sich an all das erinnerte, »sie hat das Nightingale-System eingeführt. Sie hat ein Krankenpflegebuch darüber geschrieben, dass eine gesunde Ernährung und eine gesundheitsbewusste Lebensführung nicht nur Krankheiten verhindern könne, sondern auch zur Genesung beitragen können. In ihrer Schule haben alle Schwestern jede Sparte der Pflege gelernt, angeleitet von einer Oberschwester, die wiederum einer Oberin unterstand.«

Oma Liddi sah ihre Enkelin erstaunt an. »Du weißt ja eine Menge darüber«, sagte sie.

»Na ja, ich kann halt gut zuhören, wenn du erzählst«, konterte Flori lachend, »und du erzählst eine Menge. Ich weiß auch, dass das Nightingale-System die Grundlage für eine eigenständige Pflegelehre war. Und plötzlich war aus einem verpönten Gewerbe ein angesehener Beruf geworden.«

»So ganz plötzlich war das nicht«, erwiderte Oma Liddi, »das hat schon Jahre harter Arbeit in Anspruch genommen. Aber Florence hat ja früh begonnen. Wusstet du, dass sie bereits als Kind einen Hund gepflegt hat, der sich verletzt hatte?«

Das wusste Flori nicht. Neugierig sah sie ihre Oma an.

»Flo, wie man sie gerne rief, hatte schon als Kind an ihren

Puppen das Anlegen von Verbänden geübt«, erzählte Oma Liddi. »Sie hat sie sozusagen gesundgespielt. Sie war auch oft mit ihrer Mutter oder Gouvernante ins Dorf zu Bedürftigen gegangen und hatte ihnen Medizin gebracht. Als dann ein Jagdhund auf dem Anwesen ihrer Eltern verletzt aufgefunden wurde, hat sie die Handgriffe der Pflege bei ihm angewendet und ihn auch gesundgepflegt. Dies ist historisch nicht eindeutig belegt, aber die Leute, die sie kannten und später von ihren Taten hörten, haben diese kleine Legende über sie gern erzählt.«

Flori sah ihre Oma mit großen Augen an.

»Alles beginnt einmal im Kleinen«, sagte Oma Liddi. »Wichtig ist, was du daraus machst! Florence hat sich gegen den Willen ihrer Eltern dazu entschlossen, ihren eigenen Weg zu gehen. In ihren Tagebüchern hat sie immer wieder betont, dass Gott selbst sie dazu berufen habe. Weißt du, Florence war sprachlich sehr begabt, sie sprach mehrere Sprachen fließend. Das hatte sie von ihrem Vater gelernt, der sie in Latein, Deutsch, Italienisch, Französisch und Griechisch unterrichtete. Aber auch in Geschichte, Philosophie und Mathematik erhielt sie Unterricht. Florence entdeckte schnell ihre Vorliebe für Mathematik. Die Reinheit der Zahlen und Formeln gefielen ihr. Wenn es nach ihren Eltern, besonders nach ihrer Mutter gegangen wäre, dann wäre sie die gebildete Frau eines angesehenen Politikers oder Wissenschaftlers geworden. Bescheiden im Hintergrund, aber eben im Hintergrund. Sie mussten erst lernen, zu akzeptieren, dass Florence ihren eigenen Weg ging und dabei aber nichts von der Erziehung, die ihr zuteilgeworden war, aufgab, sondern sie im Gegenteil für ihre Zwecke nutzte.

Sie hat schließlich später die ersten Statistiken und Kreisdiagramme entwickelt. Das war ein ganz schön wichtiger Beitrag für die Geschichte der Mathematik! Mit diesen Diagrammen hat sie ihren Forschungen und Ausführungen mehr Gewicht und Klarheit verliehen.

Erst viel später, nachdem sie aus dem Krieg wieder nach Hause gekommen war, da haben ihre Eltern verstanden, dass ihre Tochter etwas ganz Besonderes war. Sie waren sehr stolz auf sie. Manchmal muss man hartnäckig sein, liebe Flori, manchmal braucht es auch nur etwas Geduld.«

Flori dachte darüber nach. Sie wollte ihre Eltern ja nicht vor den Kopf stoßen. Und sie glaubte zu verstehen, was Oma Liddi ihr sagen wollte: Tu dein Bestes und überzeuge damit die anderen, dass es wirklich das Beste ist, was du tust, dann werden sie es akzeptieren.

»Der Hund hieß Cap«, fügte Oma Liddi hinzu und lächelte.

»Cap«, wiederholte Flori. »Ein schöner Name!«

***

TIERHEIME APPELLIEREN AN BÜRGER

Finger weg von sogenannten Schnäppchenkäufen

Immer mehr kranke Tiere werden abgegeben

OSNABRÜCK – Nicht nur die herkömmlich im Tierheim abgegebenen Tiere, sondern die neuen Fälle aus Tierschmuggel und Schnäppchenkäufen füllen die Käfige in den Tierheimen der Umgebung.

Im Tierheim Hillern tummeln sich alte Tiere, Tiere, die anonym abgegeben worden sind, weil die Besitzer sie nicht mehr wollten oder nicht mit ihnen zurechtgekommen sind, oder angefahrene Tiere.

Auch Tiere von verstorbenen oder zu alten Menschen sind darunter, um die sich die Mitarbeiter kümmern.

Doch in letzter Zeit steigt die Anzahl der abgegebenen Tiere ins Unermessliche.

Immer mehr Bürger, die ein günstiges Tier über Internetplattformen ersteigert oder erworben haben, bringen dieses Tier ins Tierheim, weil sie oft unterentwickelt, verwurmt, nicht geimpft und verhaltensauffällig sind.

„Es ist ja auch kein Wunder, dass die Tiere traumatisiert sind und sich oft dem Menschen gegenüber aggressiv verhalten", erklärt ein Sprecher des Tierheimes Hillern in Osnabrück.

„Ihre Aufzucht findet schon unter entwürdigenden Bedingungen statt, dann tagelanger Transport, oft Misshandlungen, Schläge, kein Futter, kein Wasser, Dahinsiechen auf engstem Raum, in Käfige gepfercht und im Verborgenen gehalten, bis dann ein Käufer kommt und sie erlöst?" Peter K. aus O. hebt resigniert die Schultern. „Das ist oft kein Märchen mit einem Happy End", fügt er traurig hinzu. „Die Tiere wissen gar nicht, was Vertrauen zu einem Menschen bedeutet. Es ist ihnen gänzlich fremd."

„Die Politik sollte endlich anfangen, das in den Blick zu bekommen", fordert der Bürgermeister aus Demme. Er sagt, dass nicht alle europäischen Länder über eigene Tierschutzgesetze oder Tierschutzorganisationen verfügen. Tierschmuggler würden viel zu leicht den viel zu seltenen Kontrollen entgehen.

PoN

KAPITEL 5

TASCHENLAMPEN-APP

Es war wieder einmal Sonntagnachmittag und Flori saß mit ihrer Oma und Cap draußen vor dem Pflegeraum des Tierheimes in der schon wärmenden Frühlingssonne. Sie tranken Carokaffee mit viel Milch und knabberten Butterkekse. Sie blickten auf die Zwinger und sahen, dass alle Tiere die wärmenden Sonnenstrahlen genossen.

»Ich fand die Predigt heute gut«, sagte Flori ganz unvermittelt. »Pastor Eberhart hat mir aus der Seele gesprochen!«

Oma Liddi blickte sie an. Sie zwinkerte ihr verschmitzt zu.

»Ihr habt euch das sicherlich gewünscht, nicht wahr?« Sie ließ ihre Enkelin nicht aus den Augen.

Flori versteckte ihr Grinsen hinter dem Kaffeebecher. Wieso musste Oma Liddi nur immer so scharfsinnig sein? Pech, wenn man in einer intelligenten Familie aufwuchs.

»Na ja, stimmt schon«, sagte Flori schließlich, »wir haben das Thema im Konfirmandenunterricht diskutiert. Aber was kann ich dafür, wenn Pastor Eberhart es für so wichtig hält, dass er gleich eine Predigt darüber macht?«

Kurz sahen sich beide an, dann prusteten sie los.

»Noah mit der Arche als erster Tieraktivist der Weltgeschichte?«, lachte Oma Liddi. »Also wirklich!« Sie stellte den Becher ab. »Trotzdem hast du ganz recht«, meinte sie nach einer Weile, »man kann gar nicht oft genug darauf hinweisen, dass es in unserer Verantwortung liegt, die Schöpfung zu bewahren. Und zur Schöpfung gehören nun einmal auch die Tiere ... da kam es seiner Predigt sicherlich ganz zugute, dass du Pastor Eberhart alles über Cap und deinen Recherchen über die Tierschutzorganisationen erzählt hast ...«

Wieder grinsten sich beide an.

»Nicht nur ich«, gab Flori zu, »auch ...«

»... Jan«, vollendete Oma Liddi.

»Jepp«, sagte Flori.

Jetzt lachten beide laut.

»Ob Mama und Papa die Botschaft auch verstanden haben?«, fragte Flori schließlich.

Oma Liddis Augenbrauen schossen in die Höhe. »Da also liegt der Hund begraben.«

»Ich hoffe nicht«, grinste Flori und tätschelte Cap über den Kopf.

»Du hast also bewusst Pastor Eberhart als Instrument beziehungsweise als höhere Instanz für deine Zwecke eingesetzt«, fügte Oma Liddi hinzu, »schlaues Mädchen, wirklich.« Sie nippte an ihrem Kaffee. »Na ja, deine Eltern werden sich die Worte zu Herzen nehmen, wie immer, aber ich warne dich, Flori, übertreibe es nicht. Die sind auch schlau genug, den Braten zu riechen ...«

»Auch der war *ausgesprochen* lecker heute Mittag«, erwiderte Flori ironisch und lenkte damit vom Thema ab. Schon vor Jahren hatte sie aufgehört Fleisch zu essen. Es hatte ein

Weilchen gedauert, bis ihre Mutter eingesehen hatte, dass das auch so bleiben würde. Sie bereitete für Flori inzwischen Tofu zu oder kochte mehr Gemüse. Ihre Eltern selbst verzichteten aber nicht auf Fleisch. Für Flori war das absolut nicht nachvollziehbar. Aber gut, jedem das Seine. Wollte Flori Toleranz ihren eigenen Einstellungen gegenüber, musste sie schließlich auch Toleranz zeigen …

»Hab Geduld jetzt, Flori«, sagte jedoch Oma Liddi ernster, »wenn du zu offensichtlich vorgehst, bewirkt es vielleicht das Gegenteil. Gib deinen Eltern Zeit, sich Schritt für Schritt mit allem anzufreunden, was dein Leben und deine Zukunft betrifft. Pastor Eberharts Worte heute mögen dir da Rückenwind geben, aber dosiere deine Hilfsmittel klug.«

Flori nickte.

»Ob sich noch jemand für Cap meldet?«, fragte sie und änderte nun deutlich die Richtung.

Sie hatten zwei Wochen lang versucht, etwas über Caps Herkunft in Erfahrung zu bringen, waren aber erfolglos geblieben. Oma Liddi hatte bei der örtlichen Polizei den Fund gemeldet, hatte bei anderen Tierheimen angefragt und auf den Seiten des eigenen Tierheimes eine Anzeige über Cap veröffentlicht.

Keiner wusste etwas über den Golden Retriever. Für die Polizei war das nur ein Einzelfall, ein kleines Delikt, bei dem es sich nicht lohnte, Kraft und Zeit zu investieren.

Cap wiederum erholte sich gut, seine Schrammen und Risse waren alle gut verheilt, er fraß mit Appetit und sein Fell wuchs bereits wieder. Dr. Meyer kam auf seiner Besuchsrunde jeden Tag einmal vorbei und schaute nach seinem Patienten. Er war sehr zufrieden mit der Genesung.

»Seine Pfote wird wahrscheinlich nie ganz in Ordnung kommen«, hatte er bei seinem letzten Besuch gestern gesagt, »sie war einfach zu lange unbehandelt und ist wahrscheinlich etwas krumm zusammengewachsen. Wir werden sie morgen noch einmal röntgen.«

Als er Floris erschrockenes Gesicht gesehen hatte, hatte er schnell hinzugefügt: »Das ist aber kein Problem, Flori, er wird halt ein wenig humpeln. Aber er wird keine Schmerzen dabei haben.«

Flori war beruhigt. Und insgeheim war sie auch erleichtert, dass sich niemand auf ihre Anzeigen gemeldet hatte, denn am liebsten würde sie Cap behalten. Er war so lieb, so treu, wich ihr nicht von der Seite, wenn sie im Tierheim war.

Auch ihren Eltern gegenüber hatte sie durchsetzen können, dass sie Cap nun täglich im Tierheim besuchen durfte. Mit Unterstützung von Oma Liddi war das nach anfänglich zäh laufenden Diskussionen kein Problem mehr gewesen. Oma Liddi hatte gesagt, dass es ‚Florentinas christliche Pflicht sei, einem Lebewesen in Not beizustehen, besonders einem, dem man das Leben gerettet hatte.' Und Flori hatte argumentiert und versprochen, dass sich weder ihre Noten verschlechtern würden, noch, dass sie Klavier und Tennis dafür aufgeben würde.

Sie erhielt die Erlaubnis, weiterhin dienstags und donnerstags mit Oma Liddi den Nachmittag nach dem Klavierunterricht dort zu verbringen und zusätzlich an den anderen Tagen eine Stunde vor oder nach dem Tennistraining im Tierheim vorbeizuschauen. Manchmal dehnte Flori diese Stunde auf zwei aus, aber im Großen und Ganzen hielt sie sich an diese Abmachung, denn schließlich war das ein Mini-Sieg.

Ihre Eltern waren erst sehr erstaunt gewesen, als sie von der Rettungsaktion erfuhren. Doch Oma Liddi hatte das so eindrücklich erzählt, so klare und vernünftige Worte gefunden, dass Floris Eltern stolz auf ihre Tochter waren.

So viel Durchhaltevermögen, Mut und Verstand hatten sie ihrer Tochter gar nicht zugetraut und wurden nun eines Besseren belehrt. Cap sehen oder Flori und ihn im Tierheim besuchen wollten sie aber nicht. Das ging für Flori in Ordnung, man musste eben Geduld haben, wie Oma Liddi schon sagte, und einen kleinen Schritt nach dem anderen gehen.

Wolken schoben sich vor die Sonne und zogen den Himmel zu.

»Es wird Regen geben«, sagte Oma Liddi. »Außerdem wird es eh Zeit aufzustehen und unsere Runde zu machen.« Sie erhob sich.

Auch Flori stand auf und nickte.

»In der Sonne ist es bereits ganz warm, aber wenn die Wolken kommen, wird es kalt«, sagte sie fröstelnd. »Und dunkel wird es auch schon wieder.«

»Naja, die Tage werden nur langsam länger«, erwiderte Oma Liddi, »wir haben erst März. Aber warte es nur ab, nach Ostern sieht die Natur schon ganz anders aus.«

Flori folgte ihrer Oma und Cap folgte Flori in den Raum hinein. Futter stand für alle Pflegetiere bereit.

»Du übernimmst deine Patienten, ich kümmere mich um die anderen«, sagte Oma Liddi und verschwand mit einem Eimer nach draußen.

Flori griff nach der Dose mit Katzenfutter, mischte eine Handvoll Haferflocken darunter und füllte alles in eine Schale. Diese stellte sie Ida in den Karton. Igel waren dämmerungs- und nachaktiv. Es würde nicht mehr lange dauern, bis Ida aus ihrem Laubberg herauskam und fraß. In der nächsten Woche würde auch sie wieder ausgewildert werden. Sie hatte den Winter gut überstanden und war schwer genug. Wenn der Boden gänzlich aufgetaut war, dann würde sie genügend Insekten und Würmer finden.

Heini hatten sie bereits ausgewildert und Charlie war erfolgreich an das ältere Ehepaar vermittelt. Floris Patienten wurden also weniger. Aber das war ja auch gut so, so sollte es doch im Idealfall sein.

Pitti und Adele würden auf jeden Fall bleiben. Pitti, weil er nie würde fliegen können und Adele, weil sie durch den verlorenen Fuß beeinträchtigt war.

Auf Annabells Annonce hatte sich der Osnabrücker Zoo gemeldet. Ein Mitarbeiter würde die Schildkröte übermorgen abholen. Flori brach es jedes Mal das Herz, wenn sie einen ihrer Patienten gehen lassen musste, obwohl sie sich damit zu trösten versuchte, dass es so das Beste war. Am liebsten hätte sie sie alle behalten.

Flori füllte das Vogelfutterschälchen auf, hängte eine Körnerstange in Pittis Käfig und versorgte auch Adele mit Futter und frischem Wasser. Dann war Cap an der Reihe. Er wartete geduldig vor seinem Napf. Er ließ Flori nicht aus den Augen, folgte ihr bei all ihren Bewegungen, und als sie nun fertig war und zum Schrank ging, wo sie das Hundefutter aufbewahrte, wedelte er mit seinem Schwanz und bellte einmal laut.

Flori lächelte. »Ja, jetzt bist du dran, ganz genau, mein Hübscher!«

Flori fand es geradezu lächerlich, dass ihr Vater Angst davor hatte, was ein älterer Hund mit schlechten Erfahrungen für schlechte Angewohnheiten entwickeln würde. Sicher, oft stimmte das, aber Cap war der lebendige Beweis dafür, dass eben nicht alle Hunde mit schlechten Erfahrungen verhaltensauffällig oder aggressiv wurden. Klar, er erfuhr ja bei ihnen auch die beste Pflege und ja, wahrscheinlich lag das auch zum größten Teil an Oma, dennoch ... Flori war überzeugt, dass Cap ein braver Hund war, der keinerlei Aggression in sich trug.

Flori griff nach seinem Napf und füllte das Futter hinein. Dann stellte sie ihn vor Cap auf den Boden. Brav wartete der Hund auf Floris Signal. Oma Liddi hatte darauf bestanden, dass Cap nicht nur gesundgepflegt, sondern auch erzogen wurde. Schnell hatte sich gezeigt, dass er gern und bereitwillig lernte.

Flori nickte und sagte: »Jetzt!«

Erst da beugte sich Cap über sein Futter und fraß mit Appetit.

Plötzlich ging die Tür auf und Oma Liddi betrat den Raum mit ihrem Handy am Ohr.

»Ja, habe verstanden«, sagte sie, »ist gut, ich fahre sofort dorthin.«

Sie beendete das Telefongespräch und kramte in der Schublade. Sie zog eine Taschenlampe heraus und testete, ob sie anging.

»Du musst heute für mich die restlichen Tiere versorgen«, sagte sie und stopfte die Taschenlampe in ihre Jacke.

Sie griff nach einem Beutel, einem Käscher und zog sich die Gummistiefel an.

»Das war eben Karin, ein Mann hat sich bei ihr gemeldet: Ein Käuzchen oder eine Eule wurde gesichtet. Sie hat sich wohl in einem Maschendraht verfangen«, erklärte Oma Liddi während sie den Reißverschluss ihrer Jacke hochzog. »Wenn du Hilfe brauchst, Georg ist auch noch da, er säubert gerade die Katzenkäfige.« In der Tür drehte sie sich noch einmal zu ihrer Enkelin um. »Ach ja, und noch was, im hinteren Teil der Zwinger ist der Strom ausgefallen und ich muss leider die Taschenlampe entführen«, fügte Oma Liddi hinzu. Dann war sie schon zur Tür hinaus und verschwunden.

Etwas verdutzt blieb Flori zurück. »Ok, kein Problem«, nuschelte sie und zog ihr Handy aus der Hosentasche. Sie suchte kurzerhand die App, die den Blitz ihres Handys als Taschenlampe umfunktionierte.

»Geht doch«, sagte sie zufrieden, als sie die App testete. Ein kleiner heller Lichtkegel fiel auf die Tür. Das würde vollkommen ausreichen. »Du wartest hier«, sagte sie zu Cap, »ich bin gleich wieder da.«

Flori trat vor die Tür und wandte sich dann nach links. Mittlerweile war es stockduster draußen. Die Wolken hatten den Himmel komplett in Besitz genommen und eine kalte Nacht senkte sich über das Tierheim. Der hintere Zwingerbereich lag nahe dem Wald und war eh schon der dunkelste Teil im Heim, aber mit ihrer Lampe würde es gehen.

Im vorderen Bereich, bis zu den Katzenkäfigen, funktionierte die Wegbeleuchtung noch, danach wurde es zappenduster.

»Na, Flori?«, fragte Georg, als sie an den Katzen vorbeikam, »musst du heute das Füttern hinten übernehmen?«

»Ja«, erwiderte Flori, »Oma ist zu einem Notfall gerufen worden, ein verletztes Käuzchen, oder so!«

Georg nickte. »Eine feine Frau, deine Oma«, sagte er, »immer so gut zu allen Tieren, und kein Weg ist ihr zu weit oder beschwerlich. Hast viel von ihr!«

Flori freute sich über das Lob. Besonders von Georg. Es gab keinen Menschen auf der ganzen großen weiten Welt, dem Tiere wichtiger waren, als ihm. Er war schon über 80 Jahre alt und kam dennoch täglich hierher, um zu helfen. Manchmal saß er auch einfach nur bei einem Hund, bei einer Katze und überschüttete sie mit Liebe.

»Pass aber auf, kleine Florentina«, sagte Georg, während er sich auf seinen Besen stützte, »dort hinten sind die Lampen ausgefallen. Ich werde nachher mal sehen, woran das liegt.«

»Kein Problem«, erwiderte Flori, »ich bin bestens gerüstet!«

Bei diesen Worten tippte Flori auf die Taschenlampen-App und hielt den Lichtkegel vor sich auf den Boden.

»Siehst du?«, lachte sie.

Auch Georg lachte. »Die Dame mit der Lampe«, sagte er.

Fragend sah Flori ihn an.

»Florence Nightingale«, erklärte Georg, »das ist die Dame mit der Lampe. Hat dir deine Großmutter nicht davon erzählt? Sie schwärmt doch sonst so viel von dieser Dame!«

»Magst du es mir erzählen?«, fragte Flori.

»Sicher«, sagte Georg, »du weißt ja bestimmt, dass Florence Nightingale im Kriegslazarett in Scutari geholfen hat.

Vor ewig langer Zeit. Und weil es in dieser Zeit ja noch keinen Strom, also auch keine Beleuchtung gab, ist sie abends, wenn es dunkel war, noch einmal mit einer Lampe durch die Reihen der Patienten gegangen und hat nach dem Rechten gesehen. Daher der Name: Die Dame mit der Lampe!«

»Eine schöne Geschichte«, sagte Flori, »aber ich bin sehr froh, dass es heutzutage Strom gibt, und wenn der mal ausfällt, eine Taschenlampen-App.«

Mit diesen Worten wandte sie sich dem Weg zum hinteren Teil der Zwinger zu. Es dauerte nur fünfzehn Minuten, dann war sie fertig. Oma Liddi hatte drei Hunde nicht gefüttert: Marja, Tiffy und Astor. Sie saßen alle drei schwanzwedelnd an ihren Türen und waren mehr als dankbar, als Flori endlich das Futter brachte. Sie füllte auch frisches Wasser in ihre Schalen und marschierte dann wieder nach vorn zum Hauptgebäude. Als sie am Katzenkäfig vorbeikam, war Georg verschwunden. Sie hörte ihn pfeifend am Stromverteiler hantieren. Nur einige Sekunden später flammten die Lampen des Weges zum hinteren Teil wieder auf.

»Sicherung war raus«, rief er und winkte Flori zu.

Als Flori das Gebäude betrat, klingelte ihr Telefon. Es war Oma Liddi.

»Ich habe ein Käuzchen eingefangen«, sagte sie, »ich fahre es rüber zur Vogelauffangstation. Da ist es besser aufgehoben als bei uns. Bitte schließ ordentlich ab und gib Georg den Schlüssel. Wir sehen uns dann morgen.«

»Okidoki«, erwiderte Flori.

»Kurt«, sagte Oma Liddi noch und legte auf.

Flori lächelte. Es gab nicht ein einziges Tier, das keinen Namen erhielt. Kurt, das Käuzchen, das passte.

Flori verabschiedete sich von Cap, der bereits zufrieden in seinem Körbchen lag und schloss dann alles gut zu, wie Oma Liddi es angeordnet hatte.

Sie lieferte den Schlüssel bei Georg ab und fuhr dann vor sich hin pfeifend nach Hause. Als der Schein ihrer Fahrradlampe vor ihr den Weg erhellte dachte sie: Flo, die Dame mit der Lampe und Flo, das Mädchen mit der Taschenlampen-App.

***

TIERHANDEL IM INTERNET

SellABuy, hab endlich ein Herz!

Die AFA fordert grundlegende Maßnahmen

HAMBURG – Immer wieder gerät SellABuy-Deutschland in den Fokus von Tierschutzorganisationen. So startete die AFA eine Kampagne #dankeSellA Buy, in der sie grundlegende Maßnahmen zum Schutz der Tiere forderte.

Das Geschäft mit den jungen Tierbabys ist ein grausames! Vorwiegend in Osteuropa werden junge Hunde unter fruchtbaren Bedingungen gezüchtet und im Alter von nur wenigen Wochen ihren Müttern entrissen. Diese müssen dann gleich wieder tragend werden, um die nächsten Welpen zu gebären.

„Für sie gibt es keine Schonzeit", so ein Sprecher der AFA, „sie sind reine Gebärmaschinen. Sollten sie sterben, vor Schwäche oder Krankheit, werden sie einfach auf dem Müll entsorgt. Ihre Welpen werden völlig verängstigt in Kofferräume oder Kleintransporter gepfercht, mit gefälschten Papieren quer durch Europa gekarrt und dann im Internet verschachert."

Immer noch kann auf solchen Internetplattformen die Herkunft und die Haltungsbedingungen solcher Tiere verschleiert werden.

Der Durchschnittsbürger freut sich über das sogenannte Schnäppchen, bis er die ersten Probleme feststellt. Es kommt nicht selten vor, dass daraus hohe Tierarztkosten entstehen. Beweise gegen diese Verbrecher sind nur schwer zu finden.

So fordert nicht nur die AFA, sondern auch weitere Tierschutz-organisationen Deutschlands drei grundlegende Maßnahmen von SellABuy:

Führt endlich eine Verkäufer-Identitätsprüfung in der Kategorie „Tiere" ein, führt auch Tierschutzrichtlinien im Bereich „Tierhandel" ein und vor allem überprüft konsequent, ob die ersten beiden Maßnahmen durchgesetzt werden.

Auch fordern diese Organisationen und auch die Sprecher der Tierheime, in denen diese „mangelhafte Ware" oft landet, die Käufer von Tieren zu verantwortungsbewussterem Handeln auf.

„Es geht doch nicht darum, ein günstiges Tier zu erwerben", so Heinrich P. aus H., „sondern ein Tier zu bekommen, das respektvoll behandelt, angemessen aufgezogen, gefüttert, entwurmt und geimpft wurde. Das kostet nun einmal seinen Preis."

Wer Tiere wirklich liebt, der lässt die Finger von solchen Käufen und unterstützt den Tierschutz, der versucht, diese skrupellosen Netzwerke zu zersprengen.

Um Spenden wird immer gebeten.

JoZ

KAPITEL 6

TIERAKTIVISTIN FLORI

Endlich waren die Osterferien da. Flori hatte nun so viel Zeit wie sie wollte bei »ihren« Tieren. Ihre Eltern waren nach Amerika geflogen, um Maximilian zu besuchen. Flori war bereits im Herbst und auch im Winter mitgeflogen und wollte jetzt nicht schon wieder mit. Natürlich hatten sie sich Disneyworld und auch verschiedene grandiose Canyons angesehen, die meiste Zeit hatten aber ihr Vater und ihr Bruder Vorträge besucht, sich an Podiumsdiskussionen beteiligt oder Kontakte zu anderen Universitätsprofessoren geknüpft. Für den Rest der Familie war es eher eine Dienstreise als Urlaub und für Flori ziemlich langweilig gewesen. Deshalb fiel es ihr jetzt nicht schwer, auf diese Reise zu verzichten und ihre Eltern allein fliegen zu lassen. Sie konnte in dieser Zeit bei Oma Liddi bleiben – und bei Cap.

Im Tierheim hatte sich einiges getan. Ida war ausgewildert worden, Penny dazu gekommen, Astor und Tiffy waren vermittelt worden und die alte Katze Kassandra war gestorben.

Ida war einfach aus ihrem Karton hinausgetippelt, hatte direkten Kurs auf zwei Wacholderbüsche genommen und war, ohne zu zögern, einfach mit ihrem stachelbesetzten

Popo darunter verschwunden. Flori wusste ja, dass es so ablief. Tiere empfanden den Schritt in die Freiheit, weg vom Menschen, nicht als so schwierig wie der Mensch, der sie in die Freiheit entließ.

Penny war Anfang April im Tierheim abgegeben worden. Sie war ein kuschelweiches, weißes, aber blindes Angorakaninchen, mit Puscheln an seinen Ohren, das nun seine letzten Tage hier in Ruhe verbringen durfte.

Astor wurde von einer Familie mit zwei Kindern aus Rankum adoptiert, während Tiffy zu Tante Trudi aus dem Ort kam. Tante Trudi holte sich immer einen pflegebedürftigen Hund aus dem Tierheim, gab ihm ein liebevolles Zuhause und sorgte bis zum Schluss für ihn. Tiffy war bereits die dritte Hündin, die Tante Trudi aufgenommen hatte. Sie hatte auch nach Cap gefragt und Flori war für einen Moment das Herz in die Hose gerutscht, bis sie Oma Liddi sagen hörte, dass die Pfote ja noch nicht ganz verheilt sei, er noch geimpft werden müsse, er für Trudi viel zu groß und außerdem ein Rüde sei und keine Hündin und so weiter.

Tante Trudi hatte sich überzeugen lassen, dass Tiffy viel besser zu ihr passte. Flori hatte erleichtert ausgeatmet, war aber immer noch schockiert. An die Möglichkeit, dass Cap ja auch vermittelt werden musste, hatte sie gar nicht gedacht. Für sie war irgendwie klar gewesen, dass er immer bleiben würden.

»Na ja«, hatte Oma Liddi gesagt, »auf jeden Fall bleibt er solange wie er bei einem Verbrechen Zeuge ist … und ich da ein Wörtchen mitzureden habe.«

Und dann war da noch das Begräbnis von Kassandra gewesen. Sie war auf Georgs Schoß gestorben, einfach beim

Kraulen eingeschlafen. Sie war die älteste Katze im Tierheim gewesen und Georg hatte sie jeden einzelnen Tag besucht und gestreichelt. In den letzten Wochen hatte sie immer an der Tür zum Gehege gesessen und bereits auf ihn gewartet. Flori hatte das beobachtet und Oma Liddi erzählt.

»Es wird bald zu Ende gehen mit ihr«, hatte Oma Liddi daraufhin gesagt, »Tiere spüren das.«

Wenn Georg dann gekommen war, sprang Kassandra auf seinen Schoß und ließ sich streicheln. Kein anderer konnte sie anfassen, zu keinem anderen kam sie. Bei Georg blieb sie fast immer genau zehn Minuten liegen, dann sprang sie von seinen Beinen und trottete davon. Vor zwei Tagen dann war sie nicht mehr von seinem Schoß gesprungen, sondern einfach dort eingeschlafen, vertrauensvoll und geliebt.

Georg hatte sie in eine wunderschöne Holzkiste gelegt, die er eigens für sie angefertigt hatte, und sie zum Tierfriedhof nach Osnabrück gefahren. Für jedes Tier wurde das nicht gemacht, dazu war das einfach zu teuer. Aber Georg wollte Kassandra damit ehren, das verstanden alle.

Flori pinnte ein Foto von Kassandras Grab an ihr Magnetbord. Dann zeigte sie ihrer Oma den letzten Artikel aus der Zeitung. »Man muss doch irgendetwas tun können gegen diese Tierschmuggler«, sagte Flori. »Da steht, dass es keine Beweise gegen sie gibt. Die Käufer zahlen das Geld ja freiwillig, sie werden ja nicht gezwungen. Und wenn die Verkäufer weiterhin auf solchen Plattformen anonym bleiben dürfen, sind sie ja vor dem Gesetz geschützt. Es ist zum Verrücktwerden. Auch in anderen Artikeln und in den News meiner Nachrichten-App wird immer wieder gesagt, dass man diese Leute einfach nicht ausfindig machen kann.

Es gibt keine Fingerabdrücke, keine Pässe, keine Fotos. Außer die wenigen Einzelfälle, die bekannt werden, zum Beispiel von dem Autofahrer, der sich mit seinem Fahrzeug auf der Autobahn überschlagen hat. Aber der ist ja nun tot und kann nicht mehr aussagen oder belangt werden. Wenn wir doch nur etwas finden würden, das eindeutig auf diese Leute und ihr Netzwerk hinweist … Was können wir nur tun?«

Oma Liddi setzte sich zu ihrer Enkelin an den Tisch und betrachtete für einen Moment die verschiedenen Zeitungsberichte, die Flori in eine Mappe geheftet hatte.

Dann sagte sie: »Es gibt verschiedene Möglichkeiten. Du könntest dich in einer Tierschutzorganisation engagieren, das machst du ja zumindest schon passiv durch deine Taschengeldspende. Das ist ein guter Anfang. Weiter könntest du andere Menschen auf dieses Unrecht hinweisen, so, wie du es auch schon im Konfirmandenunterricht getan hast. Wenn du eine breitere Öffentlichkeit willst, dann musst du auch zu einem Mittel greifen, das die Öffentlichkeit auch nutzt. Du könntest eine eigene Homepage gestalten oder eine Seite auf Facebook oder Instagram zu diesem Thema führen. Da kannst du dann alles posten, was dir wichtig ist und Follower einladen. Weißt du, Flori, als Florence Nightingale nicht mehr so aktiv arbeiten konnte, weil sie schwer erkrankt war und auch nie wieder ganz zu ihren Kräften gefunden hat, da hat sie sich auf eine andere Art der Arbeit konzentriert. Sie hat nicht mehr selbst die Kranken gepflegt, sondern andere dazu ausbilden lassen, sie hat Fragebögen entworfen und ausgewertet, hat Daten gesammelt, wie du hier gerade auch, sie hat sie analysiert, um die Zufriedenheit der Patienten und Beschaffenheit von Krankenhäusern zu erfassen und vor allem zu verbessern. Sie hat ihre Erkenntnisse und Ergebnisse immer wieder veröffentlicht, hat Statistiken erstellt und hat sich am Entwurf von Pflegeeinrichtungen beteiligt. Außerdem hat sie sich für die Hygiene in indischen Kasernen engagiert, sich sogar für die indische Bevölkerung, insbesondere für die Frauen dort, eingesetzt, die überhaupt keine Rechte oder Bildung besaßen. Und immer wieder ist sie damit an die Öffentlichkeit gegangen, wandte sich an die Politiker und ließ einfach nicht locker. Sie forderte bessere Hygienemaßnahmen, eine bessere Ausbildung des Pflegepersonals, Aufstiegsmöglichkeiten für Lazarettärzte, damit sie motivierter arbeiteten, sie empfahl sogar den Einsatz von Sanitätsinspektoren und eine bessere Ausstattung von Militärkrankenhäusern. Aufgrund ihrer Äußerungen, Erhebungen und Berichte wurde schließlich zwischen 1858 und 1861 jede britische Kaserne und jedes Militärkrankenhaus auf den Zustand der sanitären Anlagen, der Versorgung mit Trinkwasser und die Beseitigung von Abwässern untersucht und gegebenenfalls umgebaut.«

Flori hörte ihrer Großmutter aufmerksam zu. Immer, wenn ihr etwas selbst wichtig erschien, erzählte Oma Liddi mit Hingabe und Feuereifer.

»Heute ist es doch viel leichter, etwas zu veröffentlichen«, meinte Oma Liddi, »leg einfach los, Flori, mach auf das Unrecht aufmerksam. Die Leute müssen wissen, worauf sie achten müssen, wenn sie ein Tier kaufen. Wenn die Schmuggler auf der Ware sitzen bleiben, wird das Geschäft für sie uninteressant. Und vielleicht findet sich ja unter den Käufern jemand, der mutig genug ist, eine Aussage zu machen.«

Oma Liddi war ganz außer Atem geraten beim Sprechen, aber sie hatte ihre Enkelin schon längst vor dem letzten ausgesprochenen Wort überzeugt und angesteckt.

»Also gut«, sagte sie, »das werde ich tun. Ich leg gleich los!«

Flori schnappte sich ihr Handy und rief Jan an. Sie erklärte ihm, was sie vorhatte und er war nach kurzen Erklärungen genauso Feuer und Flamme für diese Idee wie sie selbst.

»Ich bin gleich bei euch!«, sagte er und legte auf.

Nach zwanzig Minuten stand er in der Tür, das Notebook im Rucksack und trat vom Wind völlig zerzaust ein. Cap begrüßte ihn freundlich, obwohl Flori auffiel, dass Cap sich Männern gegenüber eher vorsichtig und misstrauisch verhielt.

Kein Wunder, dachte sie, es waren bestimmt Männer, die ihn gequält und im Wald zurückgelassen hatten.

Nur wenige Augenblicke später durchforsteten Flori und Jan das Internet.

»Ich habe meinem Bruder geholfen, die Homepage für unseren Hof zu erstellen«, erklärte er Flori. »Das ist gar nicht schwer. Es gibt mittlerweile eine ganze Reihe von Anbietern, die schon gute Masken vorbereitet haben, du musst sie nur noch mit Inhalten füllen.«

Oma Liddi stellte ihnen Saft und Kekse auf den Tisch und verließ den Raum. »Ich habe draußen zu tun«, sagte sie, »Karin kommt gleich mit einer Praktikantin, die muss ich eben mit einweisen.«

Flori und Jan antworteten nicht, sie waren zu sehr in ihre Recherchen vertieft. Oma Liddi lächelte und schloss die Tür hinter sich.

Nach zwei Stunden intensiven Arbeitens hatten Flori und Jan viele gute Ideen entwickelt. Sie hatten begonnen, eine eigene Seite mit Informationen zu erstellen und sich dazu entschlossen, keine eigene, losgelöste Homepage zu eröffnen, sondern darum zu bitten, dass ein Link zu ihrer Website auf der Tierheimseite platziert würde. Darüber hinaus erstellten sie aber auf Facebook eine Seite, die wiederum mit der Tierheimseite vernetzt war, auf der sie über alle Projekte, Neuigkeiten und Kampagnen großer Tierschutzorganisationen berichten wollten. Flori bekam sowieso längst alle Newsletter und las sie, da konnte sie auch das Wichtigste in einem Blog zusammenfassen und ihren Followern zur Verfügung stellen.

Viele Eltern von Mitschülerinnen und Mitschülern ihrer Schule waren bei Facebook und oft auch die Schüler selbst. Es wäre doch gelacht, dachte Flori, wenn man da nicht genügend Follower bekam. Schließlich war das eine gute Sache.

Jan kümmerte sich um das Design ihrer Unterseite und Flori um den Inhalt. Dann kam ihnen die Idee, auch im Dorf Flyer auszulegen und die Menschen darauf hinzuweisen, dass in der Nähe ein Hund gefunden worden war, der höchstwahrscheinlich von Tierschmugglern zurückgelassen wurde. Die Flyer baten darum, Augen und Ohren offen zu halten. Und auch Pastor Eberhart riefen sie an und fragten, ob er nicht unter den Abkündigungen am Sonntag noch einmal ein paar Worte zu diesem Thema sagen konnte.

Flori verließ sich auf sein Mitgefühl und seine Unterstützung, denn Pastor Eberhart hatte selbst zwei Katzen und war ein ausgesprochener Tierfreund.

Als letzte Maßnahme druckten sie einige Flyer farbig aus. Der Drucker lief noch, als Oma Liddi mit Karin und mit der Praktikantin den Raum betraten. Die Praktikantin hieß Erika und ging in die 9. Klasse der Oberschule. Nach den Osterferien würde ihr dreiwöchiges Praktikum beginnen, aber sie war jetzt in den Ferien schon da, um alles kennenzulernen.

»Ihr müsst euch unbedingt ansehen, was wir alles gemacht haben«, sagte Flori und schob den Laptop so, dass alle sehen konnten.

»Wäre das in Ordnung, wenn du uns als Link mit auf die Tierheimseiten nimmst, Karin?«, fragte Flori nach all ihren Erklärungen etwas atemlos. Sie wusste, dass Karin als Administrator auch für die Pflege der Seiten zuständig war und auch als Verantwortliche für den Inhalt im Impressum der Seiten stand. »Ich glaube, wir erreichen einfach mehr Leute, wenn wir uns euren Seiten anschließen.«

»Das dürfte kein Problem sein«, erwiderte Karin, »wenn ich eure Inhalte immer vorher zu sehen bekomme und ihr euch an das Copyright haltet. Also keine Fotos oder Inhalte einfach von anderen Seiten klauen, sondern immer selbst formulieren.«

»Das versteht sich ja von selbst«, erwiderten Flori und Jan wie aus einem Mund.

Auch Erika hatte gute Ideen. Sie wollte das in ihrem Praktikumsbericht mit aufnehmen und ein Referat in der Schule darüber halten. Sie engagierte sich bereits seit Jahren bei Greenpeace Kids.

Der Drucker hatte alle Flyer ausgespuckt. Flori und Jan steckten sie in eine Hülle und dann in den Rucksack und machten sich mit ihren Fahrrädern auf den Weg durchs

Dorf. Bei Dr. Paul Meyer fuhren sie zuerst vorbei und fragten, ob sie einen Flyer auslegen durften.

Der Tierarzt nahm ihn von den beiden entgegen und besah ihn sich genau. Auf der Titelseite prangte ein Foto von Cap. Groß darüber stand: Opfer von Tierschmugglern. Auf der Rückseite war in kurzen Worten geschildert, wie und wo man Cap gefunden hatte. Es folgte der Aufruf an alle, Hinweise an das örtliche Tierheim weiterzugeben. Telefonnummer und Emailadresse dazu – fertig.

»Das ist eine ganz ausgezeichnete Idee«, sagte Dr. Meyer, »ich pinn ihn sofort an mein schwarzes Brett im Flur vor dem Wartezimmer!«

Flori fühlte in diesem Moment einen unbändigen Stolz und Tatendrang in sich aufsteigen. In diesem Moment war sie zu tausend Prozent sicher, dass sie in ihrem Leben genau das wollte: Sich für Tiere einsetzen. Sie würde zwar nicht wie Florence Nightingale ‚zu einem Vorbild christlicher Weiblichkeit' werden, weil sie Menschen etwas Gutes tat, aber was sprach denn dagegen, ein christliches Vorbild zu werden, weil sie Tieren half? In ihren Augen gar nichts!

***

TIGER ALS NAHRUNGSERGÄNZUNGSMITTEL?

Nachfrage nach Tigerwein steigt

Schwarzmarkthandel mit Tigerprodukten boomt

HAMBURG – Auch Deutschland unterstützt leider immer noch das Halten von Tigern im Zirkus. Fragwürdige Trainingsmethoden lassen Tiger Kunststückchen machen, die sie in freier Wildbahn nicht zeigen würden. Aber auch Produkte aus Tigern sind sehr gefragt.

Leider werden immer noch Produkte aus Tigern in der traditionellen „Medizin" verwendet, um eine breite Palette von Krankheitsbildern zu behandeln. Immer noch glaubt man zu Unrecht, dass insbesondere das Mehl aus Tigerknochen gegen Epilepsie, Hautkrankheiten, Schmerzen oder Impotenz hilft.

Gerade Tigerknochen sind gefragt – das gemahlene Puder wird aufgekocht oder sogar Reiswein beigemischt und dann dem Patienten verabreicht. Leider sind solche Produkte nicht nur in Asien ein Problem, sondern werden auch immer wieder in Europa beschlagnahmt.

Dementsprechend ist das Töten der Tiger und der Handel mit ihren Produkten nicht nur ein asiatisches Problem, sondern auch ein europäisches.

Über 8000 Produkte und sogar lebende, illegal eingeführte Tiger wurden in den letzten 20 Jahren beschlagnahmt.

„Das ist aber leider nur die Spitze eines gigantischen Eisberges", sagt ein Sprecher der AFA.

Mit der Kampagne RuthlessTrade – also rücksichtsloser Handel – weist die Tierschutzorganisation schon seit Jahren auf diese Missstände hin.

Aber sie fordern auch das Verbot von sogenannten „Tigerselfies". Immer noch ist das eine weitverbreitete Touristenattraktion, sich mit Tigerbabys oder angeketteten Großkatzen ablichten zu lassen. Auch in europäischen Ländern ist dies möglich, so wie zum Beispiel in Spanien, der Slowakei oder auch in Deutschland.

Nach Recherchen der AFA leben mittlerweile mehr Tiger hinter Gittern als in freier Wildbahn.

„Wir müssen endlich anfangen, diese Tiere wieder als das zu sehen, was sie sind", so ein Tieraktivist aus Hamburg, „sie sind wunderschöne Geschöpfe – wild und ungezähmt – und gehören nicht in Käfige oder Ketten! Sie sind keine Haustiere, die man zur eigenen Belustigung halten darf!"

Tiger gehören in die freie Wildbahn und nicht in einen Zirkus, um die Menschen zu unterhalten und auf gar keinen Fall gehören sie in eine Suppe.

FloJa

KAPITEL 7

SCHMUGGLERWARE

Immer wieder überflog Flori ihren ersten eigenen Artikel, den sie zusammen mit Jan für ihre Facebook-Seite und die Tierheimseite verfasst hatte. Sie hatte das Kürzel, das sonst immer unter den Zeitungsartikeln stand und auf den Autor oder die Autorin hinwies, aus einer Kombination ihrer Vornamen erstellt: Flo von Florentina und Ja von Jan – also *FloJa*. Sie fand das genial.

Außerdem wollte Flori unbedingt die Tierschutzorganisation AFA erwähnen und darauf hinweisen, wie viel wertvolle Arbeit sie leistete.

Flori war bei ihren Recherchen klargeworden, dass es nicht nur um den Schutz von Hunden oder Katzen ging, nicht nur um den Schutz der Tiere in Deutschland. Bei allen Mängeln, die es selbst hier in Deutschland – beispielsweise noch in der Massentierhaltung – gab, es gab Zustände in anderen Ländern, die noch viel schlimmer waren. Vergleichsweise hatten es die Tiere hier ja fast noch gut. Und hatte sich nicht auch Florence Nightingale über Großbritanniens Grenzen hinweg für eine Verbesserung der Hygiene und Lebensumstände der Menschen in aller Welt eingesetzt?

All das, was Flori an Entsetzlichkeiten las und auf Bildern im Internet sah, hätte sie entmutigen, sie abschrecken können. Doch Floris Entschluss, etwas gegen dieses Leid zu tun, Gottes Schöpfung nicht nur zu bewahren, sondern sie zu retten, wurde dadurch nur bestärkt.

Sie hatte Jan Fotos von einem wunderschönen, edlen Tiger gezeigt, der angekettet auf einer Empore lag, der Mensch dahinter grinste fast blöde in die Kamera und hatte großspurig eine Hand im Fell der Großkatze vergraben.

Flori hatte das Gefühl, diese Hand dort wegreißen zu müssen, die Kette zu packen und sie dem Menschen um den Hals zu legen.

Sie hatte im letzten Sommer einen alten Film gesehen, einen Science-Fiction-Streifen aus dem Jahr 1968, der »Planet der Affen« hieß. Dort hatten die Affen die Herrschaft über die Erde, über Waffen, Fortschritt, Wissenschaft und Technik. Der Mensch wurde als minderwertiges Wesen angesehen, dem man alle Intelligenz und auch Gefühle absprach. Der Mensch wurde als Tier in Käfigen und an Ketten gehalten. Verrückte Vorstellung, aber irgendwie auch wieder nicht. Hatte nicht einmal irgendjemand gesagt, dass der Mensch das gefährlichste und brutalste Tier sei? Flori googelte das sofort und fand das Zitat: »Der Mensch ist das gefährlichste, zerstörerischste, egoistischste und unmoralischste Tier auf der Erde.« Gesagt hatte das Michael W. Fox. Auch diesen Namen gab sie in ihre Suchmaske ein und erfuhr, dass er viele Bücher veröffentlicht hatte, um Hunde und Katzen besser zu verstehen, ein Autor, ein Mensch, der sich für das Wohl aller Tiere einsetzte.

Flori konnte einfach nicht verstehen, dass es auf der Welt

Menschen gab, die Tiere quälten. Die völlig abgestumpft dem Tierleid gegenüberstanden oder, was in ihren Augen noch schlimmer war, die sogar Freude daran empfanden.

Gott hatte den Menschen die Welt geschenkt, die Schöpfung in die Hände des Menschen gelegt, vertrauensvoll, verantwortungsbewusst, aber nicht um sie auszubeuten, sondern sie zu erhalten. Flori war der Ansicht, dass der Mensch noch viel zu lernen hatte, was das betraf.

Sie las den Artikel ein letztes Mal durch und legte ihn dann ausgedruckt auf Karins Schreibtisch. Die würde ihn erst lesen und genehmigen müssen, bevor er online gehen durfte. Flori ging zu ihrem Laptop zurück und wollte die Seiten gerade schließen, als sie wieder auf das Foto des Tigers schaute, der angekettet auf der Empore lag.

Ein Tiger an Ketten, Ketten, Cap im Wald, auch in Ketten. Da schoss es Flori plötzlich siedendheiß durch den Kopf. Die Kette! Sie hatten ja noch nicht einen einzigen Beweis, dass dort oben Tierschmuggler am Werk gewesen waren. Aber sie hatte Cap doch von einer Kette befreit, vielleicht gab diese Kette Aufschluss über ihre Herkunft oder auf irgendetwas anderes. Vielleicht war dort oben im Wald noch mehr zu finden?

Flori wurde ganz aufgeregt. Sie wollte schon losstürmen und sich auf den Weg zum Steinbruch machen, da hielt sie inne. »Nein, diesmal werde ich nicht allein gehen«, sagte sie leise zu sich selbst. »Wenn ich da noch etwas finde, brauche ich Hilfe.«

Es war Mittwochnachmittag, also eigentlich Oma Liddis freier Tag, doch Flori rief sie trotzdem an. Sie erreichte Oma Liddi beim Einkaufen. Sie besorgte Obst und Gemüse für die Tiere. Flori erzählte ihrer Oma von ihrer Idee und nach nur kurzem Zögern sagte Oma Liddi: »Also gut, Flori, abgemacht. Gib mir noch eine halbe Stunde Zeit, dann bin ich bei dir und wir gehen gemeinsam da rauf. Vielleicht möchte Jan auch mitgehen? Er hat das beste Handy von uns, falls wir etwas finden und Beweisaufnahmen machen müssen!«

Flori rief sofort Jan an und schilderte auch ihm, was sie vorhatten.

Sie holten ihn am Hof ab und marschierten den Wiesenweg hinauf in Richtung Steinbruch. Oma Liddi hatte einen Rucksack dabei, Flori ihre Umhängetasche und Wasser und Jan hatte Äpfel und sein Handy eingepackt.

Es war mittlerweile Mitte April und die Sonne hatte richtig Kraft. Als sie den Steinbruch erreichten, wandte Oma Liddi sich nach links. Fragend sahen Flori und Jan sie an.

Oma Liddi zuckte mit den Schultern und sagte: »Naja, wir sind zu dritt und die Wege sind mittlerweile trocken, da sollte ein sicherer Aufstieg über den Trampelpfad möglich sein. Außerdem geht es schneller!«

Sie zwinkerte den beiden zu und ging voran. Im Steinbruch war es still und heiß. Über ihnen schrie ein Eichelhäher und warnte den Rest des Waldes, dass sie kamen.

Oma Liddi hatte den Eichelhäher mit seinen wunderschönen blauen Federn an den Flügeln auch als die Polizei oder das Signalhorn des Waldes bezeichnet. Und das stimmte auch, er machte fast ohrenbetäubenden Lärm und begleitete die Eindringlinge, wohin sie auch gingen. Der Rest der Tiere war gewarnt.

Sie standen nun unterhalb des Trampelpfades, der doch

recht steil in die Höhe führte. »Du gehst voran«, sagte Oma Liddi zu Jan, »Flori folgt dir und ich bilde den Schluss!«

Sie brauchten nur etwa zehn Minuten für den Anstieg. Wären sie den Forstweg gegangen, hätten sie viel länger benötigt. Jetzt standen sie an der Gabelung der Wege und wandten sich, wie Flori vor ein paar Wochen nach links, bis sie die Heuraufe für die Rehe erreicht hatten. Die Baumstämme lagen immer noch fein aufgestapelt übereinander.

»Sie werden sie abholen, wenn der Waldboden nicht mehr feucht und der Forstweg befahrbar ist«, meinte Oma Liddi.

Flori lief der kleinen Gruppe jetzt voran. Sie führte sie weg vom Weg hinein ins Unterholz, wo sie Cap gefunden hatte. Sie musste ein wenig suchen, fand dann aber schließlich die Stelle, wo die wilden Brombeeren wuchsen. Vorsichtig hielten sie darauf zu und nach nur wenigen Schritten entdeckte Flori die Kette zwischen Laub, Farnen und Geäst.

Jan machte von allen Seiten Fotos, dann legten sie die Kette vorsichtig frei. Die Brombeeren zerrissen Oma Liddi die Hände, doch kurzerhand öffnete sie ihren Rucksack und zog ein paar lederne Arbeitshandschuhe heraus.

»Damit wird es besser gehen«, sagte sie und lächelte.

Während sie die Brombeerzweige in Schach hielt, zogen Flori und Jan vorsichtig die Kette aus dem Gestrüpp.

Sie war schwer, verdreckt und rostig. Wieder machte Jan Fotos, dann hängte er sich die Kette über die Schultern und sie machten sich auf den Weg zurück zur Futterkrippe.

»Meine Güte, Flori«, sagte Oma Liddi, während sie ihrer Enkelin auf den Hauptweg zurück folgte, »diesen ganzen Weg hast du Cap auf deiner Trage gezogen?«

Flori nickte. Oma Liddi nahm sie in die Arme. »So tapfer!«

Auf den Baumstämmen machten die drei Rast. Jan legte die Kette vor sich auf den Boden und sie nahmen sie näher in Augenschein.

»Das ist definitiv keine herkömmliche Hundekette«, sagte Oma Liddi, »sie ist viel zu schwer und die einzelnen Glieder sind viel dicker als üblich! Müsste ich schätzen, würde ich sagen, dass das eine Art Abschleppkette für einen Trecker oder eine alte Forstkette ist … hier, seht ihr? Hier ist das letzte Glied aufgerissen oder aufgesprengt, hier hat vielleicht einmal ein Haken drangehangen.«

Sie begutachtete die Kette genau. »Erstaunlich, dass Cap damit überhaupt laufen konnte, in seinem Zustand.«

Flori sah ihre Oma überrascht an. »Du meinst, er ist damit gelaufen?«

»Nun ja, so sieht es zumindest aus. Warum sonst sollte er im Unterholz gelegen haben mit einer Kette um seinen Hals? Die Tierschmuggler ersticken die ‚mangelhafte Ware' normalerweise in Müllsäcken.«

Flori schluckte. Stimmt. Sie hatte das ja in ihrem ersten Artikel im Februar gelesen, als sie Pittis Käfig hatte saubermachen wollen. Sie erinnerte sich an den Fund von mehreren, in blauen Müllsäcken erstickten und im Wald abgelegten Hundeleichen in der Nähe von München.

»Du meinst also, dass Cap vor seinen Peinigern geflohen ist?«, fragte Jan.

Oma Liddi nickte. »Er ist geflohen und sie haben ihn nicht finden können. Sie haben sicher gedacht, dass er, so verletzt wie er war, eh nicht überleben würde und haben sich nicht die Mühe gemacht unter den Brombeeren nachzuschauen.«

»Und er wäre ja auch gestorben, wärst du nicht gekommen«, sagte Jan und legte Flori eine Hand auf den Arm. »Mit dieser schweren Kette wäre er nicht mehr weit gekommen, auch wenn die Brombeeren ihn nicht aufgehalten hätten.«

»Das bringt mich auf einen Gedanken …«, sagte Oma Liddi und stand auf. »Cap war verletzt, er war geschwächt, er wäre nicht weit gekommen …« Sie blickte sich im Wald um.

Flori hatte sofort begriffen, was sie meinte. »Oh nein. Oh nein, nein. Er muss also hier irgendwo in der Nähe gewesen sein, als er floh!«

Alle drei waren nun auf den Beinen und durchforsteten mit ihren Augen den Wald.

»Wir teilen uns auf«, sagte Oma Liddi schließlich. »Jeder von uns nimmt sich eine Richtung und geht genau zehn Minuten. Dann drehen wir um und treffen uns hier wieder. Also spätestens in zwanzig Minuten. Wer etwas findet, macht Fotos.«

Sofort gingen sie auseinander, Flori marschierte nach links und folgte dem Trampelpfad der Rehe, die im Winter zur Heuraufe kamen, in Richtung Steinbruch. Jan wollte den Umkreis von Caps Fundstelle absuchen und Oma Liddi folgte dem breiteren Forstweg in Richtung Dinkel.

Nach zwanzig Minuten kam Flori zurück zur Heuraufe und sah Jan bereits auf den Baumstämmen sitzen. Von Oma Liddi fehlte noch jede Spur.

Flori sah auf ihr Handy. Zwei Minuten über die Zeit, das

war noch im Rahmen. Auch wollte sie sehen, ob Oma Liddi vielleicht eine Nachricht gesendet hatte, aber wieder hatte sie hier oben keinen Empfang.

»Hast du etwas gefunden?«, fragte sie Jan.

Der Junge schüttelte seinen Kopf und hielt Flori einen Apfel entgegen.

»Und du auch nicht, wie es aussieht«, sagte er kauend.

Flori setzte sich neben ihn und biss herzhaft in ihren Apfel. Eine Zeit lang aßen sie schweigend. Nach einigen Bissen wurde Flori jedoch unruhig. Oma Liddi war jetzt schon mehr als fünf Minuten über die vereinbarte Zeit weg. Das sah ihr nicht ähnlich.

»Das kann nur zweierlei bedeuten«, überlegte sie laut, »entweder sie hat etwas gefunden und macht noch Fotos oder sie ist in Gefahr!«

»Oder sie hat sich einfach nur verlaufen?«, fragte Jan.

»Doch nicht Oma Liddi«, sagte Flori, »die kennt hier oben alles wie ihre eigene Westentasche!« Sie blickte den Weg hinunter, den Oma Liddi gegangen war.

»Vielleicht ist ihr was zugestoßen?«, fragte Flori, die immer nervöser wurde und noch einmal auf ihr Handy schaute – zehn Minuten über die Zeit.

»Oder sie kommt da einfach durch den Wald!«, sagte Jan und deutete mit dem Apfel in der Hand nach rechts.

Und wirklich: Oma Liddi stapfte durch das Unterholz und kam von einem fast zugewachsenen alten Trampelpfad auf den Hauptweg zurück. Ihr Gesicht war grau und traurig. Sie hielt ihr Handy in der Hand.

Flori und Jan mussten nicht erst fragen, ob sie etwas gefunden hatte. Sie hatte etwas gefunden, das war sicher. So traurig hatte Flori ihre Oma nur gesehen, als Opa Franz vor drei Jahren gestorben war.

Stumm rannen ihr Tränen über die Wangen.

»Kinder«, sagte sie nach einer Weile völlig erschöpft, »ich weiß jetzt, woher Cap gekommen ist. Aber ich sage euch eins, das wollt ihr nicht sehen!«

Sie setzte sich neben Jan auf die Baumstämme, reichte ihm ihr Handy, kramte dann in ihrem Rucksack nach Taschentüchern und wischte sich die Tränen ab.

Jan blickte derweil auf das Display ihres Handys und wurde blass.

Er reichte es Flori. Sie rückten zusammen und blickten auf die Fotos, die Oma Liddi aufgenommen hatte. Das Display war nur klein, es war ein altes Handy und einige Fotos waren verschwommen. Aber Flori und Jan konnten genug erkennen. Zwei mittelgroße zerbeulte Käfige lagen halb unter Tannenzweigen und Immergrün verborgen. Man sah deutlich das Blau der Müllsäcke durch das Grün blitzen und hier und da eine Pfote oder ein Ohr oder ein Hundebein. Auch eine alte Feuerstelle hatte Oma Liddi fotografiert, Reifenspuren, eine Schale mit was? Eintopfresten?

Flori merkte gar nicht, wie ihr die Tränen kamen. Sie spürte nur Jans Arm um ihre Schultern und Oma Liddis Hand, die nach ihrer griff.

»Wir müssen dort hin und bessere Fotos machen«, sagte Flori jedoch entschlossen, »nach Beweisen suchen!«

Doch Oma Liddi schüttelte den Kopf. »Glaub mir, Flori, das ist auf den Fotos schon grausam, es ist in Natura noch viel schlimmer!«

Doch Flori war fest entschlossen. »Herz, du verlierst sehr

viel, wenn du nichts aushältst!«, sagte sie leise aber mit fester Stimme.

Oma Liddi sah ihre Enkelin ernst an. »Das muss dein Herz nicht aushalten, Flori, glaub mir, bitte. Es gibt dadurch nichts zu gewinnen!«

»Oh doch«, sagte Flori jetzt noch entschlossener als zuvor, »wir werden Beweise finden und diese Verbrecher überführen! Das sind wir nicht nur Cap, sondern auch den toten Hunden dort im Käfig schuldig. Und allen, die noch irgendwo da draußen eingepfercht sind und misshandelt werden. Bitte, Oma, zeig uns den Weg dorthin. Ich würde mir das nie verzeihen, wenn wir jetzt umdrehen!«

Flori war aufgestanden und auch Jan hatte sich erhoben. Er hielt Oma Liddi das Handy entgegen.

»Wo lang?«, fragte er.

»Also gut«, sagte Oma Liddi, als sie in die entschlossenen Gesichter ihrer Mitstreiter sah, »dort entlang!«

Sie betraten den alten Trampelpfad der Tiere, der kaum mehr auszumachen war, und erreichten nach etwa fünf Minuten eine Art Lichtung oder Schneise, die in den Wald geschlagen war: *Heuers Forstgrund*. Wühlspuren von Wildschweinen waren hier zu erkennen und überall lagen noch gefällte Bäume herum. Die Forstarbeiter hatten es vor der Winterpause nicht geschafft, hier oben weiterzumachen. Jan vermutete sogar, dass die Tierschmuggler das entweder geahnt oder sogar einen ortsansässigen Verbündeten haben mussten, der sich hier auskannte und mit ihnen gemeinsame Sache machte.

Flori sah sofort die von Oma Liddi fotografierte alte Feuerstelle, die von Steinen umkränzt unter einer Fichte lag.

Baumklötze hatten hier augenscheinlich als Sitze gedient. Eine benutzte Essschale lag umgedreht daneben in der Erde, wie auf Oma Liddis Foto schon zu erkennen gewesen war. Auch die LKW-Spuren waren deutlich im noch weichen Boden zu erkennen.

»Wahrscheinlich von den Forstfahrzeugen«, sagte Oma Liddi, »das wird uns nicht weiterbringen.«

Dann sahen sie im Unterholz unter Zweigen, die darüber gedeckt waren, die Käfige und blauen Müllsäcke. Jan machte von allen Seiten noch einmal Fotos. Sie traten näher heran und rochen die Verwesung.

Die Müllbeutel waren zum Teil zerrissen und aufgepickt worden und auch die Leiber darunter waren angefressen.

Das war wirklich kein schöner Anblick. Flori wurde übel. Dennoch zwang sie sich hinzusehen, auch das Leid zu sehen. Jan neben ihr machte weitere Fotos.

»Wieso sind wir nicht schon eher hierher zurückgekehrt?«, fragte Flori traurig und tonlos. »Vielleicht hätten wir noch mehr Tiere retten können …«

»Das glaube ich nicht«, sagte Oma Liddi und hielt die Hand ihrer Enkelin fest. »Diese Tiere wurden erstickt und liegen schon lange hier. Cap ist geflohen, das war sein Glück. Die Tierschmuggler haben sicherlich gedacht, er würde irgendwo liegen bleiben und auch sterben. Das war ihnen genauso recht. Und hättest du Cap nicht gefunden, wäre das auch so gekommen. Jetzt lasst uns vorausschauen und das Beste draus machen.« Sie zog Flori sanft mit sich.

»Es müssen mindestens vier verschiedene Hunde sein«, sagte Oma Liddi. »Lasst uns jetzt zurückgehen und der Polizei Bescheid sagen.«

Flori entdeckte jedoch noch etwas, das Oma Liddi nicht abfotografiert hatte. Unter der Schale im Dreck lugte ein Zipfel eines Papieres hervor. Neugierig griff sie danach, doch Oma Liddi hielt ihren Arm fest. »Wir dürfen nichts anfassen, Flori, warte, lass mich mal!«

Sie bückte sich und griff nach einem Ast. Vorsichtig hob sie damit die Schale an. Sofort machte Jan ein Foto. Flori war sich nicht ganz sicher, aber der Fetzen Papier, der halbwegs vor der Witterung unter der Schale verschont geblieben war, sah aus wie die Rechnung eines Motels, das hier ganz in der Nähe an der Autobahn lag.

»Das ist doch schon mal was«, sagte sie, als sie das Foto auf Jans Handy größer zog und auf den Ausschnitt guckte. »Dort können wir mit unseren Nachforschungen beginnen!«

Ein Hoffnungsschimmer flammte in allen auf.

»Siehst du, Oma«, sagte Flori, »es gibt doch was zu gewinnen!«

***

TIERSCHMUGGLER AUCH IN DEMME AKTIV

In Müllbeuteln im Wald verscharrt

Fünf Hunde wurden auf grausame Weise im Wald getötet.

DEMME – Jugendliche Tieraktivisten haben am Mittwoch in der Nähe des alten Steinbruches einen weiteren grausamen Fund gemacht.

Am vergangenen Mittwoch waren die Jugendlichen Jan L. (14) und Florentina H. (13) mit ihrer Oma zu einem Waldspaziergang aufgebrochen. Seit Jahren widmet sich Lydia H. aus D. der Pflege und Aufzucht von verletzten Tieren aus der Umgebung und ist ehrenamtlich im ortsansässigen Tierheim tätig.

„Meine Enkelin hat vor einigen Wochen dort oben einen verletzten Hund gefunden", berichtet Frau H., „sie hat ihn gesundgepflegt."

Als den Dreien klar wurde, dass eventuell noch mehr Tiere dort oben zu finden seien, haben sie nicht gezögert. Sie sind zu der Fundstelle zurückgekehrt und haben den Wald nach Spuren abgesucht.

Bei „Heuers Forstgrund" hinter der Futterkrippe für Rehe sind sie schließlich fündig geworden.

Sie haben weitere Hunde in versteckten Käfigen gefunden, allerdings hatten diese Tiere weit weniger Glück als der gerettete Golden Retriever Cap. Sie alle waren in blauen Müllsäcken erstickt und dort zurückgelassen worden. Nach Aufnahme von Beweisfotos, die der Jugendliche Jan L. mit seinem Handy gemacht hatte, waren die drei direkt zur Polizei gegangen, um ihren Fund zu melden. Großräumig wurde das Gelände abgesucht und viele weitere Müllsäcke im Unterholz sichergestellt.

Die Tierschmuggler mussten hier seit Monaten ihren Umschlagplatz gehabt haben.

„Heuers Forstgrund liegt abgelegen hoch über dem alten Steinbruch", äußerte sich Peter Gang, Forstwart aus Demme der Zeitung gegenüber. „Im Winter finden hier keine Forstarbeiten statt und alles liegt einsam und verlassen da! Ein idealer Ort also für die Tierschmuggler."

Einsam und verlassen haben sie auch die verletzten oder nicht zu vermittelnden Tiere dort zurückgelassen. Die Polizei geht nun allen Hinweisen nach.

Wie viele Tiere dort oben tatsächlich in den letzten Monaten verscharrt worden sind, kann man nur erahnen. Die fünf aktuell gefundenen Hunde werden – durch Spendengelder finanziert – auf dem Tierfriedhof in Osnabrück beigesetzt.

Die Polizei bittet weiter um Mithilfe.

ToG

KAPITEL 8

AUFFÄLLIGE SPUREN

Flori fand den Artikel des Demmer Kreisblattes nicht schlecht, aber sie hatte auch das große Bedürfnis, selbst über das Erlebte zu schreiben und anderen davon zu berichten.

Mit Jan zusammen saß sie am Ostermontag bei Oma Liddi auf der Terrasse und schrieb an ihrem Artikel. Mittlerweile hatten Flori und Jan viele Follower, immer mehr Leute aus Schule und Dorf sprachen sie auf ihre Artikel im Internet an. Sie freuten sich darüber, dass ihre Arbeit und der Versuch, die Tierschmuggler – zumindest die, die hier in der Gegend waren – zu schnappen, so gut bei den Menschen ankam.

Bei der Untersuchung durch die Polizei und Dr. Meyer, der als Experte hinzugezogen wurde, hatte sich herausgestellt, dass fünf Hunde in den Müllsäcken waren, nicht vier.

Erika, die Praktikantin, hatte die Idee gehabt, ein Spendenkonto einzurichten und auf den Tierheimseiten zu bewerben. Sie alle waren sich einig, dass die zuletzt gefundenen Hundeleichen ein ordentliches Begräbnis bekommen sollten. Sie wollten mithilfe der Spenden die Kosten begleichen können.

»Das ist eine richtig gute Sache«, erklärte Oma Liddi. »Menschen, die das emotional etwas angeht, spenden gern, auch wenn sie sonst nicht aktiv werden können. Wisst ihr, auch Florence Nightingale hat zu Spenden aufgerufen, damit sie für die Kranken und Verletzten Hemden, Betten und Essgeschirr kaufen konnte. Wirklich, eine großartige Sache!«

Karin setzte diese Idee sofort in die Tat um und startete einen Spendenaufruf auf den Tierheimseiten und Pastor Eberhart hatte sogar im Ostergottesdienst darauf hingewiesen. Er hatte Flori und Jan deutlich unterstützt und dafür waren beide dankbar.

»Man braucht eben auch einflussreiche Fürsprecher für die Sache«, sagte Oma Liddi nach dem Gottesdienst. »Auch eine Florence Nightingale konnte ihren Kampf nicht allein führen. Ihr bester Freund und Förderer in der Politik war wohl Sidney Herbert, der als Staatssekretär des britischen Kriegsministeriums arbeitete und sie offiziell beauftragt hatte, eine Gruppe von ausgebildeten Pflegerinnen anzuleiten und im Kriegslazarett in Scutari zu helfen. Ohne ihn wäre die Sache nicht so schnell ins Rollen geraten. Unser Pastor Eberhart hat Weitblick und ein gutes Herz!«

»Vor allem eins für Tiere«, sagte Flori.

Cap lag zu ihren Füßen und genoss den kühlen Schatten unter dem Tisch. Die Sonne hatte mittlerweile viel Kraft und das wechselhafte Wetter des Aprils schwang um in sommerliche Temperaturen.

Mittwoch würde die Schule wieder beginnen, bis dahin wollten Flori und Jan auf jeden Fall die Neuigkeiten zusammengeschrieben haben. Auch ihre Eltern würden morgen wiederkommen, dann musste Flori die Zeit, die sie im Tierheim verbrachte, sicherlich wieder etwas reduzieren.

Auch von Georg erhielten sie Unterstützung. Er hatte sich an die Werkbank in seinem Schuppen zurückgezogen und baute für jeden der fünf Hunde eine wunderschöne eigene Kiste aus Holz, glatt geschmirgelt, mit Gravur und mit einem weichen Tuch ausgelegt, so wie er das auch für Kassandra getan hatte.

»Das sollte auf jeden Fall auch in unserem Artikel stehen«, sagte Flori.

»Und mach auch noch einmal auf unsere Flyer aufmerksam«, meinte Jan, »wir müssen uns bei den Geschäften und Menschen bedanken, die sie für uns ausgelegt und somit auch unsere Sache unterstützt haben.«

»Auf jeden Fall« meinte Flori und tippte eifrig auf ihrer Tastatur herum.

Oma Liddi brachte Apfelschnitze, Bananen und kühlen Eistee.

Zum Schluss erinnerten sie erneut daran, dass alle noch so kleinen Hinweise hilfreich wären und jede noch so kleine Spende sehr willkommen wäre.

Als sie mit dem Text fertig waren, schauten sie sich noch einmal die Fotos aus Jans Handy genauer an und entschieden, dass sie ein Foto des Fundortes mit auf die Seite stellen wollten, auf dem man zwar das Durchschimmern der Müllsäcke durch den Waldboden sah, nicht aber die Pfoten der toten Tiere. Oma Liddi hatte gemeint, dass man die Grausamkeiten vorsichtig dosieren sollte, sonst würde das eher abschrecken als helfen.

Dann war der Artikel fertig und wurde zur Durchsicht

an Karin verschickt. Wenn sie mit ihm einverstanden wäre, würde er morgen schon im Netz stehen.

Flori und Jan gingen noch eine Runde mit Cap spazieren. Sie holten Bella vom Hof dazu und trollten mit beiden Hunden über die Wiesen und durch den Wald. Die Hunde verstanden sich gut und spielten ausgelassen miteinander. Dann brachten sie Bella auf den Hof und Cap ins Tierheim zurück.

»Das sollten wir öfter machen«, sagte Jan, »das hat Spaß gemacht!«

»Auf jeden Fall«, erwiderte Flori.

Jan half Flori beim Versorgen ihrer kleinen Patienten. Er ließ sich alles erklären. Danach packten sie ihre Tennissachen und trafen sich am Vereinsheim. Das Wetter war herrlich, die Saison bereits eröffnet, sodass sie ihre erste Runde draußen auf den Plätzen spielen konnten. Auch Mareike und Tom, ihr Trainer, waren da und spielten eine Runde.

Zum Schluss traten sie im Doppel gegeneinander an. Als sie die Plätze abzogen, sprach Tom sie auf die ersten Artikel an, die sie über Facebook veröffentlicht hatten.

»Das ist wirklich eine noble Sache, die ihr da macht«, sagte er, »ich werde auf jeden Fall auch spenden. Ich selbst habe einen Golden Retriever und musste sehr an meine Frieda denken, als ich euren Flyer beim Bäcker sah!«

Abends erhielt Flori eine Nachricht von Max, ihrem Bruder. Er teilte ihr mit, dass er gerade ihre Eltern zum Flughafen gebracht hatte. Aber er schrieb noch mehr. Auch er hatte die Artikel auf Facebook und auch auf den Tierheimseiten gelesen. Er schrieb Flori, dass er in ihr sein eigenes Engagement für eine Sache sehen würde, und dass es seiner Meinung nach nicht auf darauf ankäme, dass man sich für etwas einsetzte, was die Eltern auch gut fanden, sondern dass man seiner eigenen Überzeugung folgte.

Flori zeigte Oma Liddi die Nachricht. Sie lächelte. »Er ist erwachsen geworden, dein Bruder«, war alles, was sie dazu sagte.

Am Dienstag dann kamen Floris Eltern zurück. Sie erzählten viel von Max, aber auch von den Vortragsrunden, denen sie beigewohnt hatten, über rechtliche und strafrechtliche Themen und über den Austausch mit anderen Sprach- und Politikwissenschaftlern. Zwischendurch hatte Flori gedacht, dass es doch schade gewesen war, nicht mitgeflogen zu sein, als sie das aber nun alles hörte, war sie doch sehr froh, bei Oma Liddi geblieben zu sein. Außerdem hätte sie sonst den Tatort oben im Wald nicht entdeckt.

Flori nutzte den letzten Tag vor Schulbeginn, um ihre Sachen auf Vordermann zu bringen. Sie überprüfte alle Mappen noch einmal, sortierte ihre Federmappe und schaute zwischendrin mal nach, wie viele Leute mittlerweile ihre Spendenseite aufgerufen hatten.

Als sie schließlich zusammen am Mittagstisch saßen, sagte ihre Mutter: »Meine Güte, Flori, was habt ihr nur alles gemacht, während wir weg waren. Ich weiß gar nicht, wie oft ich vorhin beim Einkaufen angesprochen wurde. Frau Gertens hat sich fast vor Lob überschlagen, wie engagiert meine Tochter sei, Frau Heinrich, die ich bei der Sparkasse getroffen habe, hatte gerade einen Betrag für euch gespendet und Tante Trudi, die ich mit Tiffy beim Floristen getroffen habe, teilte mir mit, dass sie euch eine Nachricht geschickt habe und entschlossen sei, eines der Hundegräber komplett zu übernehmen.«

Floris Mutter sprach wie immer sachlich, doch unverkennbarer Stolz schwang in ihrer Stimme mit.

»Ich glaube, jetzt bist du dran, uns zu erzählen, was in den letzten zwei Wochen so alles passiert ist.«

Und Flori erzählte. Sie vergaß fast zu essen, aber das war ja auch nebensächlich. Ihre Mutter und auch ihr Vater hörten ihr aufmerksam zu und endlich hatte Flori das Gefühl, tatsächlich Gehör zu finden. ›Geduld‹ hatte Oma Liddi gesagt, manchmal braucht es nur das – wie recht sie doch hatte. Und kleine Schritte auf ihrem Weg – sie durfte ihre Eltern nicht erschrecken oder abhängen, sondern musste sie behutsam auf diesem Weg mitnehmen.

Nach dem Essen öffnete Flori ihre Facebook-Seite und verfolgte die Kommentare und Diskussionen, die ihr Artikel entfacht hatte. Es war super schön, zu sehen, wie viele Menschen auf ihrer Seite waren und wie viele schon gespendet hatten. Von Karin war eine E-Mail gekommen, die ihr mitteilte, dass schon über 900 Euro an Spendengeldern eingegangen waren, dass Tante Trudi sich angeboten hatte, die Kosten für ein Tiergrab allein zu tragen und dass der Tierfriedhof in Osnabrück sogar ein sogenanntes Mahngrab finanzieren wollte, stellvertretend für alle Tiere, die irgendwo auf diese Weise beseitigt, aber nie gefunden worden waren.

Sofort schossen Flori weitere hundert Ideen für Folgeartikel durch den Kopf. Sie leitete die Nachricht an Oma Liddi und Jan weiter. Dann packte sie ihren Rucksack und fuhr zu Oma Liddi. Heute war Dienstag und da hieß es Klavierstunde.

Sie musste die ganze Zeit daran denken, dass Oma Liddi ihr erzählt hatte, dass Florence Nightingale glaubte, von

Gott für diese Arbeit berufen worden zu sein. Dass sie die Menschen in den Blick bekommen, Nächstenliebe üben sollte. Dass sie aber auch der Meinung war, den Glauben an den sozialen Fortschritt zu stärken, an die moralische Verpflichtung gegenüber ihrer Gesellschaft, in der sie lebte und dass es darum ging, die Bedeutung all dessen, was sie tat, zu erkennen.

Flori selbst war überzeugt, dass Gott sie genau dazu berufen hatte, und dass ihre Arbeit und ihr Engagement wertvoll waren. Sie würde nicht von ihrem Weg ablassen, aus einem Ruf, einer Berufung, ihren Beruf zu machen. Ihr kam eine Idee. Sie würde Dr. Meyer fragen, ob sie in den Sommerferien ein Praktikum bei ihm machen könnte, so ähnlich wie Erika im Tierheim. Ja, das hielt sie für einen ausgezeichneten Gedanken.

Nach dem Klavierunterricht traf sich Flori im Tierheim mit Jan. Sie hatten heute noch ein wenig Zeit, in Ruhe alle Fotos zu sichten. Jan hatte sie auf seinem Rechner gespeichert, damit sie mehr Details erkennen konnten.

Jan klickte durch die Fotos. Sie folgten noch einmal dem verborgenen Trampelpfad, betraten noch einmal die Schneise im Wald, sahen noch einmal die Feuerstelle und die LKW-Spuren.

Flori wurde plötzlich auf etwas aufmerksam. »Klick nochmal zurück«, sagte sie zu Jan.

Ein Foto des aufgewühlten Bodens war zu sehen und im rechten Bildausschnitt die Feuerstelle mit der umgedrehten Schale. Jan hatte augenscheinlich den Schnipsel fotografieren wollen, der unter der Schale hervorlugte und war nahe herangegangen.

Flori zog die Luft scharf ein.

»Was hast du entdeckt?«, fragte Jan und starrte wie gebannt auf das Foto.

Flori ließ ihm einen Moment lang Zeit, um die Entdeckung selbst zu machen. Als aber die Sekunden so verstrichen, empfand sie eine Mischung aus Ungeduld und Stolz. Sie hatte tatsächlich etwas entdeckt. Sie war der weibliche und neumoderne Sherlock Holmes von Demme. Hibbelig rutschte sie auf ihrem Stuhl hin und her.

»Dort«, sagte Flori schließlich und tippte auf den Bildschirm.

Und jetzt sah Jan es auch.

»Meine Güte, wie blind muss man sein!«, sagte er und vergrößerte den Ausschnitt. »Wieso haben wir das vorher nicht gesehen?«

»Wahrscheinlich, weil wir nicht bewusst danach gesucht haben«, meinte Flori.

Mit einer Vergrößerung von 300% konnte man jetzt ganz genau erkennen, was Flori entdeckt hatte. Zwischen den Spuren der forstwirtschaftlichen Fahrzeuge war eine andere Spur zu sehen. Ein anderes Reifenprofil. Es war schmaler, hatte eine Art Fischgrätmuster und immer in einem regelmäßigen Abstand ging eine Art Riss durch das Muster.

»Das ist doch auffällig«, rief Flori jetzt ganz aufgeregt. »Das muss sich doch finden lassen! Kannst du das ausdrucken?«

»Klar«, sagte Jan.

»Und wir schicken es sofort an die Polizei!«, meinte Flori. »Die sammeln im Moment ja alle Hinweise. Vielleicht hilft das bei der Fahndung …«

Jan speicherte den vergrößerten Ausschnitt ab und umkreiste die Spur rot, dann hängte er die Datei an die E-Mail, die sie nun an die Polizei schickten. Flori empfand es in diesem Moment wieder einmal als ein großes Glück, Jan zu kennen. Er war nicht nur ein absolut genialer Tüftler am PC, sondern unterstützte einfach die richtigen Dinge im Leben, Dinge eben, die Flori wichtig waren. Er tickte genau wie sie. Klar, er war immer noch ein Junge und damit per se schon anders, aber in der Basis, da stimmte es.

Anschließend durchforsteten sie noch den Rest der Fotos, fanden aber nichts mehr, das ihnen von Bedeutung erschien.

»Ich glaube, mehr können wir erst einmal nicht tun«, sagte Jan. »Wir müssen jetzt abwarten, was die Polizei daraus macht!«

***

SPENDENAUFRUF DES TIERHEIMS DEMME

Verantwortung für die Schöpfung

Aktiv oder passiv etwas für die Tiere tun

DEMME – Um jede kleine Spende wird gebeten. Die fünf Hunde, die bei uns in Heuers Forstgrund tot gefunden wurden, sollen nun beigesetzt werden, dazu brauchen wir jeden Cent.

Wir berichten heute über Cap, den Hund, der Grausames überlebt hat. Er war so mutig und tapfer, dass er seinen Peinigern trotz schlimmer Verletzungen und gebrochener Pfote entkommen ist.

Den nun gefundenen Hunden im Heuers Forstgrund ist es nicht so gut ergangen. Sie konnten nur tot in ihren viel zu engen Käfigen geborgen werden, erstickt in blauen Müllsäcken und entwürdigend verscharrt unter Laub und Geäst.

„Tieren zu helfen, sich in dieser Sache zu engagieren, heißt Verantwortung für Gottes Schöpfung zu übernehmen, heißt hinschauen und nicht weggucken vor dem Leid anderer, auch wenn es sich nur um Tiere handelt", äußerte Pastor Eberhart am Sonntag in seiner Predigt.

Er ist ein Geistlicher und Tierfreund, dem nicht nur das Wohl seiner Menschen (Schäfchen) am Herzen liegt. „Sieht man einmal in die Augen eines Hundes oder einer Katze", so Pastor Eberhart weiter, „und nimmt sich Zeit, das Tier zu verstehen, dann entdeckt man in ihm eine reine unberührte Seele, die dem Menschen gegenüber nichts lieber zu geben weiß als Treue."

FloJa

Selbst Hunde, die von Menschen misshandelt wurden, vertrauen anderen Menschen immer noch, mit der Hoffnung, der nächste, der da kommt, meint es besser mit mir.

Cap ist das beste Beispiel dafür. Er ist trotz seiner schlimmen Verletzungen dem Menschen gegenüber freundlich und treu.

Die Polizei geht nun einigen neuen Hinweisen nach, die oben im Heuers Forstgrund ebenfalls gefunden wurden, so beispielsweise einer alten Motelrechnung. Herr Maricke von der örtlichen Polizeidienststelle, äußerte sich jedoch sehr skeptisch, ob man die Täter jemals finden werde.

„Selbst, wenn wir die Männer ausfindig machen, die zur besagten Zeit im Motel übernachtet haben", so Maricke, „fehlen uns ja dennoch die Beweise, dass sie die Tierschmuggler sind."

Wir vom Tierheim werden jedoch nicht aufgeben, so viel ist sicher. Wir danken schon einmal an dieser Stelle allen Spendern für die Gräber auf dem Tierfriedhof und besonders Trudi Zimloh, die die Patenschaft für ein ganzes Grab allein übernimmt. Bitte teilt unseren Aufruf.

KAPITEL 9

ERMITTLUNGSARBEIT

Mittlerweile war es Anfang Juni und die Skepsis des Polizeibeamten Maricke hatte sich bewahrheitet. Im Motel waren tatsächlich zur besagten Zeit zwei Männer aus Rumänien abgestiegen. Sie hatten das Zimmer für drei Nächte gebucht. Sie fuhren einen weißen Kleintransporter, von dem der Motelbesitzer aber leider nicht das Nummernschild wusste.

Auch sonst waren die Männer nicht auffällig gewesen. Tagsüber waren sie die ganze Zeit unterwegs gewesen, abends zum Schlafen zurückgekehrt. Sie hatten bar bezahlt.

Diese Spur verlief also im Sande.

Und Herr Maricke hatte ja ganz recht, selbst wenn sie die Männer und den Transporter gefunden hätten, hätten sie sie nur belangen können, wenn der Transporter voller illegal geschmuggelter Tiere gewesen wäre. Da aber die Tiere ja oben im Wald gefunden worden waren, ging die örtliche Polizei eher davon aus, dass die Männer bereits wieder in Rumänien waren, um neue Tiere zu holen.

Und selbst wenn man die Männer mit einem Transporter finden sollte, der voller Tiere war, konnten man ihnen noch lange nicht nachweisen, dass sie auch für die brutalen Tiermorde oben im *Heuers Forstgrund* verantwortlich waren.

Flori war mehr als enttäuscht. Sie hatte geglaubt, wie Sherlock Holmes oder Miss Marple den Tätern auf die Spur zu kommen, die manchmal auch nicht mehr Indizien oder Hinweise auf die Mörder hatten als sie.

Zusätzlich zu der Rechnung des Motels hatte unter der Schale auch eine alte Rechnung von Tierarzt Dr. Paul Meyer gelegen. Die Polizei war zu ihm in die Praxis gefahren und hatte ihn darüber befragt. Er selbst hatte sich nicht erinnern können, diese Behandlung an einem Mops durchgeführt zu haben, weil er an diesem Tag zu Bauer Meinsmann zum Kalben gerufen worden war. Aber seine Sprechstundenhilfe und tierärztliche Assistentin Conny hatte sich erinnern können.

»An dem Tag im März ist eine Frau in die Praxis gekommen«, hatte sie der Polizei geschildert. »Sie hatte einen jungen Mops unter dem Arm, der sich eine Schramme über dem rechten Auge zugezogen hatte. Ich habe die Wunde gesäubert, eine antiseptische Salbe draufgetan und die Rechnung ausgestellt. Das war es schon.«

Die Frau sei eine Deutsche gewesen, keine Ausländerin, da war Conny sich ganz sicher, deswegen war sie auch nicht stutzig geworden, hatte auch nicht nach einer Transpondernummer gefragt.

»Sie war eine ganz normale Frau mit einem Hund, der sich halt ein wenig verletzt hat«, hatte Conny erklärt. »Die Schramme war nicht so schlimm, deshalb habe ich wahrscheinlich auch vergessen, Dr. Meyer von der Behandlung zu berichten. Bei solchen Lappalien mach ich das ganz oft selbst, wenn keiner der beiden Ärzte da ist. Ein Problem gibt es ja nur, wenn die Leute dann die Rechnung nicht bezahlen, aber die Frau hat gleich bar bezahlt. War ja auch nur ein Kleckerbetrag von fünfzehn Euro, oder so. Sie sagte, sie sei auf Durchreise und würde hier nur ihre Schwester besuchen.«

Beschreiben konnte Conny die Frau leider auch nicht näher. »Ich kann das Alter einer Person schlecht schätzen, vielleicht vierzig Jahre alt?«, hatte Conny gesagt. »Sie hatte dunkle Haare, einen Zopf, glaub ich. Sie trug Jeans, Sneakers, eine dunkle Jacke dazu. Das tragen aber viele Menschen, das ist wahrscheinlich nicht sehr hilfreich.«

Da hatte Conny ganz recht, das war überhaupt nicht hilfreich. Wäre es nach dieser Beschreibung gegangen, hätte es auch Floris Mutter sein können oder Karin oder Frau Magget aus dem Supermarkt.

Auch diese Spur war also letztlich nicht nachverfolgbar. Dennoch hatte Flori daraus eins gelernt: Es waren nicht nur ausländische Männer in den Tierschmuggel verwickelt, sondern eben auch jene deutsche Frau. Vielleicht war das eine Frau, die doch irgendwo hier in der Nähe wohnte und nicht nur auf »Durchreise« war, wie sie behauptet hatte. Jan hatte ja auch schon vermutet, dass ein Ortsansässiger beteiligt sein müsste. Wer sonst konnte denn wissen, dass im *Heuers Forstgrund* zu bestimmten Zeiten nicht gearbeitet wurde?

Flori hielt bei jedem Spaziergang, bei jeder Tour mit dem Fahrrad, die Augen nach einem Transporter offen, der von zwei ausländischen Männern gefahren wurde. Zweimal hatte sie einen weißen Transporter auf dem Parkplatz eines Supermarktes und einer Bank stehen sehen. Aber beides

Mal hatte Flori keinen Erfolg gehabt. Der erste Transporter gehörte Malermeister Bruck, der zweite hatte zwar keine Beschriftung, dafür aber in den hinteren Türen eine Scheibe. Flori konnte einen Blick ins Innere erhaschen und hatte nichts Auffälliges entdecken können. Außerdem sahen alle Reifen ganz normal aus und wiesen keinen Riss auf, der sich über das Muster zog.

Mitte Juni war Flori dann im Schulstress. Es ging auf die letzten Schultage vor den Sommerferien zu, viele Arbeiten wurden noch geschrieben und auch die Mappen musste sie abgeben. Sie hatte ihren Eltern ja versprochen, in der Schule nicht schlechter zu werden, also hatte sie an den Wochenenden lange gesessen, geübt und Teile ihrer Mappen noch einmal geschrieben.

Von Erika hatte sie das ausgearbeitete Referat zugeschickt bekommen und Inhalte davon auch gleich im Internet veröffentlicht. Die Arbeit des Tierheimes wurde immer mehr in die Öffentlichkeit gerückt und in diesem Sommer wurden viel mehr Tiere vermittelt als sonst.

Das alles war positiv und Flori freute sich sehr darüber, auch über die teilweise wirklich hohen Spenden, die immer noch auf dem Spendenkonto eingingen. Doch immer, wenn sie Cap ansah, der mittlerweile sein Fell wiederhatte und lief und sprang als sei nichts gewesen, wurde sie traurig und auch zornig. Nichts hatte sich aus dem Fund oben im Wald ergeben.

Irgendwie kehrte eine Routine zurück, die Flori so nicht wollte. Mit Jan war sie weiterhin erfolgreich im Tennis, Klavier lernte sie auch noch und auch andere Tiere als ausgesetzte Hunde fand und pflegte sie weiterhin.

Ende Juni begann die Mähdrescherzeit. Gelbgoldene Getreidefelder wurden abgemäht und das Tag und Nacht. Da gab es zwischendurch immer mal ein verletztes Rehkitz, das sie gesundpflegen mussten. Flori fand es sehr toll, dass mittlerweile die meisten Lohnunternehmer mit Drohnen die Felder nach Rehkitzen absuchten bevor sie auf die Mähdrescher stiegen. In den letzten Jahren wurden auf diese Weise viel weniger Rehkitze, die dort versteckt lagen, getötet oder verletzt. Doch zwischendurch kam es leider immer noch vor.

Zurzeit hatte Flori zusätzlich zu Pitti und Adele einen jungen Rehbock in Pflege, Ricky, und Purzel, einen Kater. Ihre Fotowand wurde immer voller.

Wie auch Charlie zuvor war Purzel den Raupen des Eichenprozessionsspinners auf den Leim gegangen und hatte schlimme Verätzungen erlitten. Die gesamte Strecke zum Sportplatz war voller Nester gewesen. Die örtliche Feuerwehr hatte alle Hände voll zu tun, sie fachkundig zu beseitigen und Warnhinweise aufzuhängen. Alle zuvor befallenen Bäume hatte sie mit roter Farbe eingesprüht und sie mit Warnbändern umwickelt.

Anfang Juli gab es dann endlich Sommerferien. Erfreulich daran war, dass Flori nun wieder mehr Zeit für die Tiere und für Cap hatte. Außerdem kam ihr Bruder Max aus den USA zurück, der den Sommer über zu Hause verbringen würde, bevor er dann wieder nach München an die Universität ging.

Flori freute sich sehr auf ihn. Es gab viel zu erzählen. Außerdem konnte er ja schon Auto fahren und würde sicherlich einige Ausflüge mit ihr machen.

Auch wenn Flori in ihrer eigenen Sache nicht erfolgreich war, verfolgte sie doch die aktuellen Kampagnen der Tierschutzorganisationen. So las sie beispielsweise, dass am 11. Juli zwei Braunbären aus katastrophaler privater Haltung in Kroatien gerettet werden konnten. Sie nahm sich fest vor, in den nächsten Tagen einen eigenen Artikel darüber auf ihren Seiten zu veröffentlichen.

Oma Liddi versuchte sie aufzumuntern. Immer wieder sprach sie davon, Geduld zu haben, beharrlich zu sein, irgendwann würde es wieder weitergehen, sich eine Tür, auch wenn nur einen Spalt weit, öffnen. Sie erzählte Flori, dass Florence Nightingale in ihren Schriften und Tagebüchern auch oft resignierte, weil nichts voranging, weil die Bürokratie, also die Wege der Befehlskette, so kompliziert und lang waren. Aber dann, irgendwann, wenn sie schon fast nicht mehr damit gerechnet hatte, war es doch weitergegangen, sei es durch die Fürsprache eines einflussreichen Freundes, eine weitere Spende oder durch ihre eigenen publizierten Erkenntnisse.

Flori wusste aus den Erzählungen ihrer Oma auch, dass der Arzt Samuel Gridley Howe ausschlaggebend für ihren Weg gewesen war. Er hatte Florence Mut gemacht. Er hatte ihr gesagt, dass es in England durchaus unpassend oder ungewöhnlich wäre, wenn eine Frau diesen eigenen, selbstbewussten Weg einschlagen würde, den Florence vor sich ausgebreitet liegen sah, dass er ihr aber dennoch riet, ihn zu gehen, wenn sie sich so deutlich dazu berufen fühlte. Er hatte ihr auch gesagt, dass sie selbst herausfinden werde, dass nichts Unpassendes daran sei, wenn eine Frau ihre Pflicht tut, wenn sie anderen damit hilft und nützt.

Flori fand diese Worte tröstlich und ebenso tröstlich fand sie, dass bald ihr Praktikum bei Dr. Meyer beginnen würde.

Erst waren ihre Eltern skeptisch gewesen, doch Oma Liddi und auch Max hatten dazu beigetragen, dass sie ihre Erlaubnis gaben. Nicht zuletzt waren das wohl auch die lobreichen Ansprachen der Menschen aus dem Dorf und Pastor Eberharts Unterstützung gewesen, die Flori diese Tür öffneten.

»Siehst du?«, hatte Oma Liddi gesagt. »Es geht immer irgendwie weiter!«

Was Dr. Samuel Gridley Howe für Florence Nigthingale war, war Dr. Paul Meyer für Florentina Hinz aus Demme. Doch bis es soweit war und sie endlich starten konnte, schrieb und tüftelte Flori zusammen mit Jan an ihrem Artikel über die geretteten Bären.

***

GEFANGENE BEFREIT

Zwei neue Bären für den Bärenwald

Gerettete Bären durch AFA in Schutzzentrum gebracht

KROATIEN – Nach Inkrafttreten eines neuen Tierschutzgesetzes, das es Privatleuten untersagt, Bären zu halten, konnte die AFA zwei von fünf Bären aus unzumutbaren Haltungsbedingungen befreien und in ein Tierschutzzentrum bringen.

Vor wenigen Tagen erst sind Mizza und Karlo in ihr neues Zuhause umgezogen. Beide sind in Gefangenschaft lebende Braunbären, die nun durch die Bemühungen der AFA gerettet werden konnten.

Karlo, der mittlerweile 40 Jahre alt ist, wird tierärztlich überwacht. Seine Zähne sind in einem sehr schlechten Zustand, er ist unterernährt und schwach.

Dennoch ist der versorgende Arzt zuversichtlich, dass es ihm in seinem neuen Zuhause – im Tierschutzzentrum – bald besser gehen wird.

Ausschlaggebend für die Rettung war das neue Tierschutzgesetz, das verbietet, Bären privat zu halten. Somit wurde die Haltung von Mizza und Karlo als illegal anerkannt und sie konnten befreit werden.

Die Bären werden von Privatpersonen einfach nicht artgerecht gehalten. Sie leben viel zu lange in viel zu kleinen Käfigen und werden zur Belustigung von Touristen an Ketten gepflockt, vor Einkaufszentren, Restaurants oder Hotels. Das ist körperlich und seelisch sehr anstrengend für die Wildtiere.

Die AFA möchte diesen Bedingungen ein Ende setzen und hat das „Saddest-Bears-Projekt" gestartet (die traurigsten Bären).

Auch die letzten drei in Gefangenschaft lebenden Bären aus Kroatien sollen noch befreit werden. Das Gesetz schreibt vor, dass Bären nur noch in Zoos gehalten werden dürfen, die dafür eine Genehmigung haben und in denen die Haltungsbedingungen stimmen.

Unterstützt wurde die Kampagne durch Partner aus Kroatien selbst, die sich Tierfreunde Kroatiens nennen.

Es ist für uns schön zu sehen, dass sich überall auf der Welt etwas tut. Dass es Menschen gibt, die dem Leid der Tiere nicht gefühllos gegenüberstehen, sondern sich für sie einsetzen.

Nicht nur Mizza und Karlo danken es ihnen, sondern auch die Tiger, die Bären, die Elefanten, Nashörner der ganzen Welt. Und auch unsere heimischen Freunde brauchen weiterhin Schutz und helfende Hände.

Auch ihr Dank ist uns sicher, so wie es uns das Beispiel von Cap beweist.

FloJa

KAPITEL 10

RUF, BERUFUNG, BERUF

Sehr zufrieden mit ihrem Artikel, denn wenigstens dort hatte es ja ein Happy End gegeben, stellten die beiden Jungreporter ihn auf Facebook online und legten ihn auch Karin für die Tierheimseiten zur Durchsicht auf den Schreibtisch. Karin hatte bislang alle Aufrufe, Artikel und News, die sie von Flori und Jan erhalten hatte, veröffentlicht.

Hier und da hatte sie eine Anmerkung zu einer Formulierung gehabt oder noch einen Rechtschreibfehler gefunden. Im Großen und Ganzen wurde aber alles so veröffentlicht, wie Flori und Jan das wollten. Flori empfand das als wertvolles Vertrauen, das ihnen da entgegengebracht wurde.

Endlich war es soweit. Am 15. Juli durfte Flori starten. Ihre Freundinnen aus der Schule hatten nur den Kopf geschüttelt, wie man in den Ferien nur freiwillig so früh aufstehen konnte, um dann auch noch zu arbeiten.

Aber im Gegensatz zu den meisten ihrer Klassenkameraden machte es Flori überhaupt nichts aus, früh aufzustehen. Das taten außer ihr nur die Reitstallkinder und die Fußballer, wenn sie am Wochenende zu ihren Turnieren aufbrachen. Flori liebte die frühen Stunden des Tages und sie freute sich so was von auf ihr Praktikum.

Am ersten Tag wurde sie von Dr. Meyer und Conny in den Ablauf der Praxis eingewiesen. Dr. Meyer besprach sich mit seinem Kollegen Dr. Bernd, was am Tag so anstand, dann startete Dr. Meyer seine Besuchsrunde, während Dr. Bernd die Kleintiere in der Praxis versorgte. Nachmittags war dann Sprechstundenbetrieb, wo beide Ärzte abwechselnd anwesend waren.

Ab dem zweiten Tag durfte Flori dann schon in der Anmeldung sitzen und Telefonate entgegennehmen, Termine planen, oder auch Informationen weitergeben. Am Ende der ersten Woche hatte sie auch im Behandlungszimmer bei Dr. Bernd dabei sein dürfen, wenn die Tiere eine Spritze erhielten, eine Wurmkurtablette bekamen oder die Zähne geschliffen wurden.

Als dann aber die zweite Woche auch so startete, wurde Flori etwas ungeduldig und unzufrieden. Sie war ja nicht hierhergekommen, um zu lernen, wie man telefonierte oder Rechnungen schrieb oder sie in die richtige Akte abheftete. Sie wollte gerne bei Dr. Meyer dabei sein, ihm auch bei den schweren Operationen oder Notbehandlungen über die Schulter schauen oder noch besser, ihm helfen. Sie traute sich aber nicht, das Dr. Meyer gegenüber zu äußern. Außerdem war er morgens immer auf »seiner Runde« unterwegs und erst nachmittags in der Kleintierpraxis im Behandlungszimmer. Doch Conny bemerkte die Stimmungsschwankung und sprach Flori darauf an.

»Ich möchte so gern richtig dabei sein«, sagte Flori schließlich, »klar, weiß ich, dass auch deine Arbeit hier und die von Dr. Bernd ganz wichtig ist und bin dankbar, dass ihr mir alles zeigt und ich auch kleinere Schrammen versorgen darf. Aber das mach ich ja schon alles selbst seit Jahren bei Oma Liddi im Tierheim. Ich möchte so gern mitfahren auf ‚die Runde', die akuten Notfälle sehen, auch mal eine schwierige Operation … eben sehen, was ein richtiger Tierarzt so macht.«

Als Flori dann am Mittwoch die Einfahrt zur Praxis hochfuhr, stand Dr. Meyer am Auto und wartete auf sie. Er hielt ihr die Beifahrertür auf.

»Ich habe gehört, du willst mehr Blut und Brüche sehen«, lachte er, »nun denn, steig schnell ein. Das Gruselkabinett möge beginnen.«

Flori war verdutzt, aber auch froh. Sie wollte sich entschuldigen und sagen, dass sie nicht undankbar erscheinen wolle, aber für Dr. Meyer war ihr Wunsch ganz in Ordnung und nachvollziehbar.

»Es ist immer wichtig, Flori, zu sagen, was man möchte«, erklärte er. »Ich habe dich nur schützen wollen vor den nicht so schönen Sachen, die du auf meinen Runden vielleicht eher zu sehen bekommst, als nachmittags in der Praxis. Ich konnte ja nicht ahnen, dass es genau das ist, was du sehen möchtest. Aber sei gewarnt, manchmal wird auch mir noch übel …« Er zwinkerte Flori zu.

»Aber genau darum geht es mir ja«, sagte Flori, »ich muss einfach sehen, ob ich dazu tauge. Es bringt ja nichts, meinen Eltern ständig zu erzählen, ich möchte unbedingt Tierärztin werden, wenn ich es nicht einmal schaffe, wirklich schlimme Wunden anzusehen und dann auch noch zuzupacken. Die halten mich sowieso für zu naiv für den Beruf.«

Dr. Meyer sah sie erstaunt an. »Da spricht gerade deine Oma Lydia aus dir«, sagte er ernst. »Sie ist eine mutige, intelligente und sehr besonnene Frau. Wenn du nach ihr kommst, habe ich überhaupt keine Bedenken, dass dieser Beruf das Richtige für dich ist.«

Sie bogen links auf die Hauptstraße ein und verließen sie dann in Höhe der Grundschule wieder.

Dr. Meyer reichte Flori ein Tablet und sagte: »Öffne mal die Datei ›morgendliche Runde‹ unter dem heutigen Datum. Da siehst du, was dich alles erwartet. Wir fahren zuerst zu Lindgrüns und kontrollieren alle Kälber. Außerdem hat Bella zwei Tage lang Durchfall gehabt und erbricht ihr Futter, die untersuchen wir dann gleich mit.«

Flori war ganz aufgeregt. Sie öffnete die Datei und las vor:

»9 Uhr: Lindgrüns, Kälberkontrolle und Durchfall Hündin Bella.

10 Uhr: Hinnaks: Ferkelkastration

11 Uhr: Frau Karl: Stute Fricka Folikelkontrolle/Ultraschall

11:30 Uhr: Reitverein: Stute Gerda Lahmheit.

Nur vier Termine?«, schloss Flori ihren Vortrag. Sie wusste, dass die Liste der Besuche für »die Runde« immer während der Morgenbesprechung mit Dr. Bernd und Conny erstellt wurde und meistens wesentlich länger war.

»Du möchtest ja sicher nicht nur zusehen, sondern auch alles erklärt bekommen«, meinte Dr. Meyer, »dazu brauchen wir etwas mehr Zeit, deshalb weniger Termine heute. Sonst sind es oft mehr, aber das kommt ja auch auf die Wegstrecken dazwischen an.«

Flori schluckte, das hatte sie nicht erwartet. Das war großartig von Dr. Meyer. In ihrem Bauch kribbelte es vor Aufregung und dankbar sagte sie: »Ich freu mich schon.«

»Freu dich nicht zu früh, einiges davon kann unerfreulich sein«, erwiderte Dr. Meyer. Und Flori ahnte, dass er die zweite Besuchsstation bei Bauer Hinnak meinte.

‚Aber auch so etwas gehört dazu', dachte sie, ‚ich werde das schon aushalten, bin ja kein Weichei.'

Bei Lindgrüns war es toll. Bella hatte zwar Durchfall, kam ihnen aber ganz fidel und freudig entgegengesprungen.

Frau Lindgrün trat aus dem Haus heraus und winkte ihnen genauso freudig schon von weitem zu.

»Guten Morgen, Paul, guten Morgen Flori«, begrüßte sie beide. »Na, Flori«, fügte sie hinzu, »hab schon gehört, dass du bei Dr. Meyer bist. Gefällt es dir?«

»Bin heute das erste Mal mit ‚auf Runde'«, erklärte Flori, »aber ich denke schon!«

Dr. Meyer kramte im Kofferraum seines Jeeps. Er hängte sich ein Stethoskop um und griff nach einem Fieberthermometer.

»Na, dann wollen wir mal«, sagte er während er sich über Bella beugte. Er ließ die Berner Sennenhündin erst ausgiebig an seinen Händen schnuppern, dann kniete er sich zu ihr auf den Boden und horchte ihr Herz und die Lunge ab.

»Sie hat Durchfall«, sagte Frau Lindgrün, »außerdem frisst sie wie ein Scheunendrescher und wird immer dicker. Zwischendurch erbricht sie aber auch wieder ihr Futter. Müssen wir entwurmen? Ist sie erkältet?«

Dr. Meyer richtete sich auf und winkte Flori heran. »Hier Flori, hier kannst du ein kräftiges und gesundes Herz schlagen hören. Auch die Atmung ist in der Norm und ganz regelmäßig!« Flori band sich in Windeseile ihre widerspenstigen roten Haare zu einem Zopf zusammen und klemmte sich das Stethoskop in die Ohren, während Dr. Meyer es auf den Hundeleib legte.

»Toll«, sagte Flori fasziniert.

Dann streifte sich Dr. Meyer Handschuhe über und hielt Bellas Rute hoch.

»Du hältst ihr den Kopf fest und streichelst sie«, sagte er, während er Fieber maß. »Das macht man bei vielen Tieren rektal, also über den After, den Popo«, erklärte er.

Er zog die Schutzfolie vom Thermometer und zeigte Flori die Temperatur: 38,2 Grad.

»Sie hat ja Fieber«, sagte Flori, doch Dr. Meyer schüttelte den Kopf.

»Nein, es ist alles gut. Zwischen 37,5 und 39 Grad ist alles in Ordnung, anders als beim Menschen.«

Er tastete mit seinen Händen den Bauch und die Flanken von Bella ab und warf auch einen Blick auf ihre Zitzen. Wortlos stand er auf und ging noch einmal zum Kofferraum.

»Wir machen jetzt eine Ultraschalluntersuchung«, sagte er, »wollen doch mal sehen, ob wir dem Ganzen nicht auf den Grund kommen. Bella ist groß genug, sie kann einfach stehen bleiben, wir müssen sie nicht auf den Rücken legen.«

Er schaltete das tragbare Ultraschallgerät ein und fuhr mit dem Stab von unten immer wieder über Bellas Bauch. Dabei behielt er den Bildschirm permanent im Blick.

»Herzlichen Glückwunsch, Hanne«, sagte er schließlich, »Bella wird Mutter. Auf die Schnelle sind fünf Föten auszumachen. Wenn du es genauer wissen möchtest, musst du heute Nachmittag noch einmal in die Praxis kommen. Das erklärt das Erbrechen, den gesunden Appetit und das Dickerwerden.«

Hanne Lindgrün stand wie vom Donner gerührt da. »Aber Bella ist doch schon über sieben Jahre alt«, sagte sie etwas hilflos.

Dr. Meyer lächelte sie aufmunternd an.

»Auf jeden Fall nicht zu alt, um noch einmal Mutter zu werden.«

Frau Lindgrün atmete aus, dann lächelte auch sie. Sie beugte sich zu Bella hinunter und nahm ihren großen Kopf in beide Hände. Lachend sagte sie: »Na, du bist mir ja eine! Und wer ist wohl der Vater?«

Flori schluckte und schaute etwas betroffen drein. Sie musste an die vielen Spaziergänge denken, die Jan und sie mit Bella und Cap gemacht hatten. Manchmal waren die Hunde auch unbeobachtet einige Minuten lang in der Wiese herumgetollt.

»Zwei Wochen, denke ich, dann wird sie werfen«, fügte Dr. Meyer hinzu und riss Flori aus ihren Gedanken. »Wenn du willst, bringst du sie dazu in die Praxis.«

»Ist für reifere Damen vielleicht besser«, meinte Frau Lindgrün. »Wir werden das im Blick behalten!«

Nach diesem freudigen Ereignis gingen sie in den Stall. Dr. Meyer begutachtete alle Kälber noch einmal genauer. Er sah sich ihre Hufe an, horchte sie ab und warf einen Blick ins Maul. »Es spricht nichts dagegen, sie nun auszustallen und auf die Sommerweide zu schicken.«

Flori war jedes Mal wieder fasziniert davon, wie rau die Zunge der Kälber war. Es kitzelte an ihrer Hand, wenn sie sie in das Maul der Kälbchen legte. Dr. Meyer erklärte ihr nun, dass Kühe oben keine Zähne haben und sich mit der rauen Zunge das Futter heranholen.

Dann waren sie bei Lindgrüns fertig und fuhren zu Bauer Hinnak. Er war ein Biobauer, der seine Schweine auf freiem Feld hielt. Seine letzte Sau hatte geferkelt und nun stand die Kastration der Jungeber an.

»Die Kastration an jungen Ferkeln, die nicht älter als eine Woche alt sind, darf auch ohne Betäubung vorgenommen werden«, erklärte Dr. Meyer. »Hinnaks haben aber schon immer auf einer Narkose bestanden. Neue Richtlinien und Gesetze geben vor, dass Ferkel bald nur noch mit Narkose kastriert werden dürfen. Eine Alternative wäre, sie gar nicht mehr zu kastrieren, sondern als Eber aufzuziehen. Es gibt mittlerweile Impfungen, die den Ebergeruch unterdrücken und somit das Fleisch dennoch genießbar machen.«

Sie fuhren auf den Hof von Hinnaks und sahen schon von weitem die Sauen auf der Wühlwiese. Flori kannte den Hof von Bauer Hinnak, aber den Anblick der freilaufenden Sauen fand sie immer wieder wunderschön. Sie hatten Wühlkuhlen, Unterstände, Wassertröge und Futterstellen auf ihren Wiesen und führten ein zufriedenes, glückliches Leben.

Wie von Dr. Meyer angekündigt, war die Kastration der jungen Ferkel nicht ganz so erfreulich. Die betäubten Tiere wurden abgestützt auf den Rücken gelegt und mit ein, zwei kurzen Handgriffen und Schnitten von ihren Hoden befreit. »Zipp und ab«, hatte Dr. Meyer gesagt. Das ging Flori lange nicht aus dem Kopf. Was sie aber so im Nachhinein ganz schaurig fand, war, dass dieser Eingriff sonst ohne Betäubung durchgeführt worden war – oh man, ob sie das gekonnt hätte?

Bei Frau Karl war es dann ganz prima. Sie hatte die Stute Fricka schon von der Wiese geholt und sie in die Box gestellt, damit Dr. Meyer auch hier eine Ultraschalluntersuchung vornehmen konnte. Anders jedoch als bei Bella wurde der Ultraschallstab bei Fricka ganz vorsichtig durch die Scheide eingeführt. Dr. Meyer zog sich einen bläulichen Einmal-Handschuh über, der bis zur Schulter hinaufreichte. Es war der 16. Tag nach der Besamung und man konnte deutlich den Follikel auf dem Gerät erkennen.

»Fricka ist trächtig«, sagte Dr. Meyer und schüttelte der freudigen Frau Karl die Hand. »Da ist aber noch eine Blase zu sehen, entweder ein Zwilling, was wir nicht hoffen wollen, oder eine Zyste, was nicht so schlimm wäre. Ist noch nicht gut zu erkennen. Wir sehen uns Übermorgen zum Nachschallen noch einmal wieder«, sagte er.

»Das ist wichtig«, erklärte er Flori im Auto, »um auszuschließen, dass es eine Doppelschwangerschaft ist. Das wäre für die Fohlen und für die Stute gefährlich. Meistens regelt die Natur das von selbst und stößt einen Follikel ab oder lässt ihn verkümmern. Wenn das nicht geschieht, dann muss der Mensch entscheiden, ob einer von beiden weggedrückt wird. Heikel das Ganze, aber machbar. Nach dreißig Tagen dann wird noch einmal geschallt, um zu sehen, ob sie resorbiert hat, d.h. den Follikel abgestoßen oder verloren hat, oder ob sie weiter trächtig ist.«

Der letzte Patient war Gerda, eine vierzehnjährige Oldenburgerstute aus dem Reitverein.

Dr. Meyer war schon zweimal dort gewesen und hatte Gerda behandelt. Sie lahmte auf dem rechten Vorderbein. Petra, ein Mädchen aus der Oberstufe, das Flori aus dem Dorf kannte, führte Gerda durch die Stallgasse auf Dr. Meyer zu.

»Ein Hufschmied hatte einen Nagel falsch gesetzt«, erklärte er, »Gerdas Huflederhaut hat sich entzündet. Wir haben das Eisen sofort heruntergenommen und die eitrige Stelle geöffnet und beschnitten. Entzündungshemmende Umschläge haben dazu beigetragen, dass es jetzt schon wieder ganz gut aussieht.«

Gerda trabte an Petras Hand auf und ab und lahmte nur noch wenig. Flori durfte dabei helfen, einen neuen Verband anzulegen. Als sie schließlich das Pferdebein sachte abgesetzt hatte und sich aus der Beuge wieder erhob, schoss ihr ein stechender Schmerz in den Rücken.

»Puuh«, entfuhr es ihr, »das ist ganz schön anstrengend.«

»Zumindest weit anstrengender als eine Pfote zu verbinden und eine Impfung zu setzen«, lachte Dr. Meyer. »Aber es ist auch ein bisschen eine Frage der Übung. Komm, Flori, wir sind fertig. Wir genehmigen uns ein Eis, bevor es in die Praxis zurückgeht. Dort warten ja auch noch die Kleintierpatienten.«

Während Gerda von Petra in ihre Box zurückgeführt wurde, humpelte Flori hinter Dr. Meyer nach draußen und hielt sich mit einer Hand immer noch den Rücken. So ganz allmählich bekam sie eine Ahnung davon, was es bedeutete, Tierarzt zu sein. Das war körperlich mehr als anstrengend, und Freud und Leid lagen nur allzu dicht beieinander. Aber Flori war ja erst dreizehn. Sie würde ja noch erwachsen und auch körperlich fitter werden. Da war sie sich sicher.

Als sie in die Praxis kamen, war das Wartezimmer schon voller Leute. Da Dr. Meyers Kollege Dr. Bernd diese Woche im Urlaub war, musste Dr. Meyer alle Patienten allein versorgen. Sonst war Dr. Bernd vormittags schon in der

Praxis und erledigte das meiste, während Dr. Meyer auf seiner Runde unterwegs war. Dr. Bernd war ausschließlich für die Kleintiere zuständig und auch nur drei Tage in der Woche vormittags und sonst nachmittags anwesend. Der Job, dachte Flori, war bestimmt nicht so anstrengend. Aber würde es sie ausfüllen und befriedigen, nur Kleintiere zu behandeln?

Aber sie hatte es ja so gewollt. Nur, wenn sie alle Facetten kennenlernen würde, würde ihr auch klar werden, ob es das war, was sie später machen wollte. Ein Gedanke schoss ihr durch den Kopf. Ob auch ihre Eltern das glaubten? Ob sie dachten, dass es Flori zu blutig, zu grausam, zu anstrengend werden würde und sie ganz von allein den Wunsch aufgab, Tierarzt zu werden?

»Da habt ihr euch aber geschnitten«, sagte sie zu sich selbst und massierte mit ihrer rechten Hand erneut ihren Rücken. »So schnell geb ich nicht auf! Ich fange ja gerade erst an.« In Flori wurde noch ein anderer Gedanke groß: Vielleicht war es tatsächlich nicht nur ihr Wunsch, sondern Gottes Wille und vielleicht hatte sie deshalb diesen starken Wunsch in sich … zumindest würde sie da noch mehr drauf achten, im Gebet und auch in den Gesprächen mit ihren Eltern und mit Oma Liddi. Und wie sagte doch Florence Nightingale? »Wahre Religion ist, keinen anderen Willen zu haben als den Willen Gottes.«

Außerdem war die Spezialisierung auf Kleintiere auch eine Möglichkeit für später. Man musste ja nicht alles machen oder können. Dr. Meyer war auch Spezialist für Pferdekunde und Nutzvieh. Flori konnte später immer noch entscheiden, in welche Richtung sie da gehen wollte.

Dr. Meyer machte ohne Pause weiter. Flori jedoch durfte für eine Stunde nach Hause gehen. Sie entschloss sich, ins Tierheim zu fahren und mit Cap eine Runde zu drehen. Außerdem wollte sie Oma Liddi von ihrem Vormittag erzählen.

Oma Liddi jedoch war gar nicht da. Stimmt, dachte Flori, ist ja ihr freier Nachmittag. Cap jedoch nahm sie dennoch mit. Sie ging eine ausgiebige Runde spazieren. Sie telefonierte mit Jan. Er lachte nur über die frohe Botschaft, dass Bella bald Mutter sein würde. »Keine Angst, Flori«, sagte er, »nach dem ersten Schock heute Morgen ist meine Mutter guter Dinge. Sie kramt schon nach dem alten Welpenspielzeug, das noch irgendwo auf dem Dachboden herumliegen muss.«

Anschließend kehrte Flori mit Cap ins Tierheim zurück. Er durfte immer noch in ihrem Raum liegen, weil er panisch reagiert hatte, als Oma Liddi ihn, wie alle anderen Hunde auch, in einen Zwinger bringen wollte.

»Das ist sein persönliches Trauma«, hatte Oma Liddi gesagt und ihn schnell wieder in den Pflegeraum gebracht. »Es ist überaus wichtig, zu erkennen, woran Tiere leiden, wovor sie Angst haben, um dem angemessen begegnen zu können. Sonst kommt es vielleicht doch so, wie dein Vater immer sagt, Flori, dass Grausamkeiten an Tieren auch zu Verhaltensstörungen führen.«

Jetzt sah Flori, dass an der Pinnwand eine Nachricht hing: Bitte in den nächsten Tagen Impfausweis und Cap mit zu Dr. Meyer nehmen!

Gesagt, getan. Flori schnappte sich erneut Caps Leine und radelte mit ihm zur Tierarztpraxis. Dort fragte sie Conny, ob sie mit Cap auch kurz zu Dr. Meyer in die Behandlung könne, auch wenn sie keinen Termin hatte.

»Klar«, sagte Conny, »setz dich mit ihm kurz ins Wartezimmer, ich sage ihm Bescheid.«

Cap folgte Flori vertrauensvoll in den immer noch voll besetzen Raum. Da waren Leute mit ihren Katzen, Kaninchen, Meerschweinchen, sogar ein gefiederter Patient im Käfig und zwei Hunde mit ihren Herrchen. Der Pudel lag entspannt unter dem Stuhl, doch der Dalmatiner bewegte sich ängstlich und mit eingezogener Rute vor den Beinen seines Herrchens hin und her.

Es war noch ein junges Tier, das angstvoll winselte. Flori schob sein panisches Verhalten erst auf die Unsicherheit und Ängste, die fast alle Hunde im Wartezimmer eines Tierarztes empfanden: Da waren fremde Menschen, fremde Tiere, fremde Gerüche. Als sich der Hund jedoch zu ihr drehte, erkannte Flori eine Schramme im Gesicht des Tieres. Eigenartig. Wieder eine Schramme im Gesicht, als wäre der Hund mit einer Peitschte oder einem Stock geschlagen worden. Eine Schramme, wie bei dem Mops, wie bei Cap.

»Jetzt aber gut mal«, sagte der Mann in gebrochenem Deutsch und zog den Hund mit der Leine eng an seine Beine.

Cap neben Flori knurrte, als der Mann sprach, seine Nackenhaare richteten sich auf, doch dann zog er die Rute ein und floh unter Floris Stuhl. Floris Antennen standen auf Alarm. Ihre grünen Augen blitzten. So hatte Cap sich einem Menschen gegenüber noch nie verhalten, auch nicht, wenn es ein Mann gewesen war. Ein Mann, der mit einem verletzten Hund hier war, ein Hund, der die gleiche Verletzung aufwies, wie die gefundenen Tiere oben im *Heuers Forstgrund*, ein Mann, der nicht aus Deutschland kam.

Flori versuchte, sich nichts anmerken zu lassen. Sie stand auf, zog Cap hinter sich her und tat so, als hätte sie vorn etwas bei Conny an der Anmeldung vergessen. Zu Cap sagte sie gespielt fröhlich, damit der Mann den Hund nicht erkannte: »Komm schon, du alter Esel, das ist nur eine Spritze, das kennst du doch schon seit Jahren!«

Dann stand sie im Flur und blickte durch das Fenster nach draußen auf den Parkplatz. Dort stand ein weißer Transporter, diesmal ohne Fenster in den hinteren Türen. Das Herz schlug ihr bis zum Hals.

Kurz entschlossen öffnete Flori die Tür und wollte eben nach draußen treten, als sie sich noch einmal umdrehte und den Flyer mit Cap auf der Titelseite vom schwarzen Brett zog, den Dr. Meyer vor einiger Zeit hier aufgehängt hatte. Dann lief sie raus und schlenderte mit Cap am Grünstreifen entlang, bis sie den Transporter erreicht hatte. Sie umrundete ihn. Von hier aus konnte sie keiner sehen, selbst dann nicht, wenn jetzt irgendjemand aus dem Fenster sah.

Sie lehnte ihr Ohr an den Transporter, hörte aber nichts. Dann beugte sie sich runter zu den Reifen und sah fast augenblicklich den tiefen Riss am rechten Vorderreifen, der mitten durch das Muster des Profils ging. Sie hatte den Transporter der Tierschmuggler gefunden und Cap hatte seinen Peiniger im Wartezimmer erkannt.

Ohne zu zögern griff Flori nach ihrem Handy und sagte Dr. Meyer in der Praxis Bescheid. Dann rief sie bei der örtlichen Polizei an.

***

FREUDIGE NACHRICHT

Tierschmuggler gefasst

Drei Tierschmuggler überführt und viele Hunde gerettet

DEMME – Nachdem die Ermittlungsarbeit der örtlichen Polizei in Sachen Tierschmuggel erst ins Stocken geraten war, konnte gestern durch einen glücklichen Zufall und das beherzte Eingreifen von Florentina H. und Dr. Meyer der Tierschmuggelring vor Ort zerschlagen werden.

Die junge Tieraktivistin Florentina H. aus D., die bereits den Hund Cap im Wald gefunden, gerettet und gesund gepflegt hatte, war am gestrigen Tag mit besagtem Hund in der Tierarztpraxis von Dr. Meyer.
„Eigentlich war ich nur dort, um eine Routineimpfung vornehmen zu lassen", erzählt die junge Tieraktivistin. „Im Wartezimmer jedoch wurde ich auf einen nervösen und total verängstigten Dalmatiner aufmerksam, der die gleiche Schramme im Gesicht hatte wie Cap, als er gefunden wurde."
Und wie uns die junge Tierschützerin weitererzählt, hat wohl auch Cap selbst seinen Peiniger erkannt. Er hat den Mann angeknurrt und ist dann völlig verängstigt unter Florentinas Stuhl geflohen.
„Hunde merken sich, wer es gut oder schlecht mit ihnen meint", so die Dreizehnjährige.
Nachdem der Jugendlichen klargeworden war, dass es sich um einen der Tierschmuggler handeln müsse, die oben in Heuers Forstgrund die nicht mehr zu vermittelnden Tiere tot zurückgelassen hatten, handelte sie besonnen und schnell. Sie verließ unter einem Vorwand mit ihrem Hund das Wartezimmer und ging nach draußen auf den Parkplatz.
„Dort habe ich einen weißen Transporter gesehen", so die Jugendliche.
„Auch habe ich entdeckt, dass einer der Reifen einen auffälligen Riss über dem Profilmuster hatte, der genau zu den Fotos der Spuren oben im Wald passte."
Beherzt und ohne zu zögern, setzte sie Dr. Meyer in Kenntnis, der den vermeintlichen Schmuggler in seiner Praxis länger aufhielt als nötig. Er ließ sich viel Zeit damit, den Dalmatiner zu untersuchen, stellte dabei auch heimlich fest, dass er keinen Transponder und keinen Pass hatte und konnte den Mann so lange aufhalten, bis die örtliche Polizei eintraf.
Sie nahm den Mann nicht sofort fest, weil Florentina kein Geräusch aus dem Wageninnern hatte vernehmen können, sondern folgte dem Transporter mit einem zivilen Fahrzeug. Der Mann führte die Polizeibeamten direkt zu einer abgelegenen Lagerhalle im Industriepark. Dort konnten alle Hunde befreit und drei der Mitglieder des Schmugglerringes verhaftet werden, darunter eine deutsche Frau, die gebürtig aus Demme stammte.
„Mehr als fünfzig Tiere konnten aus ihrem Gefängnis und ihrer Qual an diesem Tag gerettet werden", so Polizeibeamter Maricke. Wenigstens für diese Tiere gab es ein Happy End, auch wenn das nur ein kleiner Tropfen auf einem heißen Stein war.

ToG

KAPITEL 11

ADOPTION

Besser hätten Flori und Jan das auch nicht ausdrücken können. Der Artikel war sehr gut und schlug ein wie eine Bombe. Immer wieder musste Flori in den nächsten Tagen den Leuten aus dem Dorf erzählen, wie sie den Schmugglern auf die Spur gekommen war, dass Cap seinen Peiniger erkannt hatte, dass sie so eine Ahnung gehabt hatte, als sie die Schramme im Gesicht des Dalmatiners gesehen hatte.

Das zweiwöchige Praktikum bei Dr. Meyer war vorbei und Flori hatte sich eingestehen müssen, dass die drei Tage im Außendienst doch echt anstrengend gewesen waren. Fricka hatte keinen Zwilling zu erwarten, das war noch einmal glimpflich ausgegangen. Flori freute sich darüber. Doch ganz befriedigt war sie irgendwie nicht, denn auch die Arbeit in der Kleintierpraxis war nicht so aufregend gewesen, wie sie gedacht hatte. Sie hatte Verbände angelegt, hier und da mal eine kleine Wunde versorgt, entwurmt oder Ohren gesäubert. All das half zwar diesen Tieren, aber nicht den Tieren auf der Welt, die überall Leid erfuhren. Sie war frustriert.

Dr. Meyer hatte das gemerkt und nur gesagt: »Weißt du, Florentina, es gibt so viele Möglichkeiten auf der Welt, mit seiner Energie und ein bisschen Grips im Kopf den Tieren zu helfen. Nicht nur Tierärzte braucht es, sondern auch Fürsprecher für die Tiere. Man kann sich um das Wohl der Tiere auf die eine Art kümmern, aber auch auf eine andere. Wenn dich das Fach Biologie interessiert, Flori, wie du es mir einmal erzählt hast, dann könnte auch das eine Möglichkeit für dich sein. Man muss nicht gleich Tierarzt werden, wenn man Tieren helfen will, man kann auch Diplombiologe werden, oder wie deine Oma Biologin und Chemikerin, die dann neue Wege entwickelt, um Tiere zu schonen.«

Flori dachte sehr ernst und lange über diese Worte nach.

Heute war Sonntag. Oma Liddi, Max, Flori und ihre Eltern saßen am Mittagstisch zusammen und sprachen wie immer über die Ereignisse der Woche und auch über die Predigt am Vormittag.

Heute jedoch hatte Oma Liddi gekocht, Pfannkuchen mit Apfelmus und Zimtzucker, und alle zu sich nach Hause eingeladen. Auch Cap war da. Er lag zufrieden auf seiner Decke und döste vor sich hin.

In den letzten Tagen hatte Oma Liddi ihn immer öfter mit nach Hause genommen, damit er im Tierheim nicht so allein war. »Um ihm noch etwas Gutes zu tun, bevor er vermittelt wird«, sagte sie. Karin hatte Cap in der letzten Woche mit auf die Homepage genommen. Es wurde Zeit, dass der Golden Retriever ein neues Zuhause fand.

Flori weinte lange und stumm, als ihre Oma ihr davon berichtete und noch einmal weinte sie, als sie dann die Seite im Internet sah.

Cap, der in die Kamera schaute, voller Treue und Liebe, mit glänzenden Augen und Vertrauen im Blick. Aber Flori wusste ja von der Einstellung ihrer Eltern und würde da sicher nichts erreichen.

»Erzähl doch mal, Flori«, forderte Max sie auf. »Wie genau war das denn an dem Tag, als du Sherlock Holmes gespielt hast.«

»Na ja«, meinte Flori, »ich habe draußen gestanden, habe den Riss auf dem Reifen gesehen und dann eins und eins zusammengezählt. Ich habe Conny auf ihrem privaten Handy angerufen. Die hat mir sofort Dr. Meyer gegeben. Er sagte, ich solle die Polizei rufen, während er versuchen würde, den Mann hinzuhalten. Das hat er ja auch geschafft. Ich habe dann Herrn Maricke angerufen und ihm das Ganze erzählt. Ich habe aber auch gesagt, dass ich aber kein Geräusch aus dem Transporter hören konnte und dass da sicherlich zu diesem Zeitpunkt keine Tiere drin wären. Also kam Herr Maricke auf die Idee, zusammen mit seinem Kollegen mit einem unauffälligen Auto vorzufahren und zu warten, bis der Mann mit dem Dalmatiner aus der Praxis kommen würde. Und ob der dann in den Transporter steigen würde. In der Zeit habe ich mich mit Cap hinter Dr. Meyers Garage versteckt.

In dem kurzen Moment, als der Mann hinten die Tür einen Spalt weit öffnete, konnte ich einen Blick auf die Käfige werfen. Sie waren alle leer. Der Mann pferchte den verängstigten Hund wieder dort hinein und machte die Tür zu. Dann ist er losgefahren. Ich konnte sehen, dass Herr Maricke oben an der Einfahrt vor dem Kindergarten geparkt hatte. Da habe ich ihn angerufen und gesagt, dass der Mann mit dem Transporter gleich an ihm vorbeifährt. Er hat sich hinter das Fahrzeug gehängt und na ja, den Rest kennst du. Sie haben den Mann gestellt, als er in die Lagerhalle fuhr. Mehr als fünfzig Tiere, reinrassige Welpen oder junge Hunde, haben sie dort in viel zu engen Käfigen gehalten. Sein Komplize und auch die Frau, die im Frühjahr mit dem Mops bei Conny in Behandlung war, waren da.

Das Sommerferiengeschäft ist im vollen Gange und die Tiere gehen über SellABuy oder im direkten Handel per Anzeige weg wie warme Semmeln. Die Leute sind echt dumm, die glauben, sie machen ein tolles Schnäppchen. Die fragen sich nicht einmal, warum die Tiere so günstig sind.«

Flori trank ihren kühlen Apfelsaft und kaute genüsslich auf ihrem letzten Bissen Pfannkuchen herum.

»Die Frau, die den Männern half«, fügte Oma Liddi an, »ist Linda Schomann. Ihr kennt sicher ihre Mutter noch, Gertrud Marsch, die gebürtig aus Rankum kommt.«

Floris Eltern nickten.

»Deshalb wussten die Männer auch, wann die Forstarbeiten stilllagen«, fuhr Oma Liddi fort, »alle drei haben sich am Leid der Tiere eine goldene Nase verdient. Nur gut, dass alle Tierheime der Umgebung sofort ihre Türen für die armen Tiere geöffnet und sie aufgenommen haben.«

»Solange die Zuchtstätten in Rumänien oder anderen Ländern nicht dichtgemacht werden«, sagte Flori, »ist dieser Erfolg wirklich nur wie ein kleiner Tropfen auf dem heißen Stein, wie es in der Zeitung stand. Die ganzen Verbrecher, die dort vor Ort zusammenarbeiten, müssen erst einmal gefasst werden.«

»Trotzdem heißt es: weitermachen und nicht aufgeben«, sagte Max, »auch, wenn manchmal die kleinen Tröpfchen Hoffnung in der Luft zu verdampfen scheinen. Ich finde, ihr habt da eine ganz großartige Sache am Laufen.«

Flori sah ihren Bruder dankbar an. Es war gut, neben Oma Liddi einen weiteren Fürsprecher in der Familie zu haben.

»Auch Pastor Eberhart war ja ganz begeistert heute«, fuhr Max fort, »er hat so eindringlich davon berichtet und erzählt, dass man hätte meinen können, ihr hättet seine beiden Katzen gerettet.«

Alle lächelten.

Oma Liddi stand auf. »Es ist Zeit für eine Runde mit Cap und dann muss er ja ins Tierheim zurück. Wie sieht es aus, gehen wir alle ein Stück?«

Flori hätte nie geglaubt, dass ihre Eltern ja sagen würden, aber wie sagte Oma Liddi immer: »Die Hoffnung stirbt zuletzt.« Zusammen gingen sie mit Cap spazieren. Floris Vater kraulte ihn sogar und ihn knurrte Cap nicht an.

»Ich glaube, ich muss meine Meinung revidieren«, gab Floris Vater zu, »ich hatte wirklich Vorurteile. Nicht alle Hunde, die schlechte Erfahrungen mit Menschen machen, werden selbst auch schlecht.«

»Siehst du«, konnte es Flori sich nicht verkneifen, »man muss nur wissen, wie. Klar haben die ihre schlechten Erfahrungen gemacht, aber umso mehr braucht es dann eben Menschen, die damit umgehen können, dann finden sie ihren Weg auch.«

Nach einer Stunde und einer herrlichen Runde am Hasenbach entlang, erreichten alle das Tierheim. Es war das erste Mal, dass Floris Eltern mit in »Floris Raum« kamen. Flori stellten ihnen alle ihre Tiere vor: Pitti, Adele, Kater Purzel und auch den kleinen Rehbock, der noch nicht nach draußen ins Gehege durfte.

Eine ganze Zeit lang stand Floris Mutter vor der Pinnwand und schaute sich die Fotos von all den gesundgepflegten Tieren an, die dort hingen. Manche Bilder, wie das von Pitti, waren ja schon drei Jahre alt und Flori wirkte auf den Fotos, auf denen sie mit drauf war, so jung, klein und zerbrechlich. Und doch hatte sie all das geschafft.

Floris Vater trat dazu und gemeinsam betrachteten sie die vielen Fotos. Das erste Mal wurde ihnen so richtig bewusst, dass dies alles hier ein Teil ihrer Tochter war. Dass das keine Eintagsfliege, keine aberwitzige und sich schnell wieder verlierende Idee oder Marotte ihrer Tochter war, sondern dass echtes Engagement und ein großes Herz dahinterstanden.

Endlich sahen sie, dass Gott das Herz ihrer Tochter mit Nächstenliebe und Tierliebe und einem unermüdlichen Einsatz für Gerechtigkeit gesegnet hatte.

»Es ist tatsächlich so, wie Oma Liddi immer zitiert«, sagte plötzlich Max in die Stille, »es ist besser, hundertmal in der Brandung unterzugehen, in die man sich stürzt, um eine neue Welt anzukündigen, als tatenlos am Ufer zu stehen.«

»Zehnmal«, lachte Oma Liddi, »zehnmal, nicht hundertmal. Und es heißt ‚in der Brandung zu sterben', nicht unterzugehen.«

»Ist ja egal«, meinte Max, »du kannst Florence Nightingale immer besser zitieren als ich, du weißt trotzdem, was ich gemeint habe. Unsere Flori hier hat sich mutig in die Brandung geworfen, um einen neuen Weg zu beschreiten, nicht wahr, kleine Schwester?«

Flori war so stolz.

Omas Handy klingelte. Es war Karin. Oma Liddi hörte

aufmerksam zu, dann beendete sie mit einem breiten Lächeln das Gespräch.

»Karin hat gerade erzählt, dass Bürgermeister Wieland vorhat, unserer Flori einen Orden zu verleihen«, sagte sie. »Es wird zwar nicht das *Royal Red Cross*, das Königin Victoria Florence verliehen hat und auch nicht der *Order of Merit* von King Edward, aber es wird eine öffentliche Auszeichnung für Verdienste für die Gemeinde geben und auch eine hohe Spende der Gemeinde an das Tierheim dazu!«

Jetzt war Flori endgültig sprachlos. Max klopfte ihr aufmunternd auf die Schulter.

»Ich wusste es schon immer«, sagte Oma Liddi stolz, »du bist mit Flügeln geboren, Flori, also nutze sie auch zum Fliegen. Der kleine Pitti hier würde dich beneiden und das Gleiche sagen!«

Auch ihre Eltern traten nun zu Flori heran und nahmen sie in die Arme.

»Was meinst du Flori«, sagte ihre Mutter, »möchtest du Cap adoptieren?«

Flori sah erst ihre Mutter, dann ihren Vater mit großen Augen an. Sie sagte nichts.

»Cap ist vermittelt«, sagte Oma Liddi abrupt, »du kommst zu spät, Maria.«

Floris Mutter wirkte steif und unbeholfen. Sie war bestürzt. Sie hätte ihrer Tochter so gern ihren größten Wunsch erfüllt.

»Aber ich habe gehört, dass Lindgrüns Hündin Bella bald Junge bekommt«, fügte Oma Liddi hinzu, die allen in diesem Moment geflissentlich verschwieg, dass sie selbst mit Floris Wissen und Einverständnis Cap adoptiert hatte. Cap würde bei ihr zu Hause und im Tierheim wohnen, sodass er sowieso schon zur Familie gehörte.

Floris Eltern sahen sich an und nickten dann.

»Ja, Flori«, sagte ihre Mutter schließlich, »wenn du möchtest und Lindgrüns einen Welpen rausrücken, darfst du nach dem Sommer einen Hund haben! Was meinst du, ob wohl was dabei ist für dich?«

Freudentränen rannen Flori über ihre sommersprossigen Wangen.

»Oh ja«, sagte sie dennoch lachend und musste daran denken, dass Cap ja höchstwahrscheinlich der Vater der Welpen war, »ja, ja und hundertmal ja! Aber sowas von!«

Sie drückte ihre Eltern und wischte sich dann die Tränen fort. Und dann hatte sie plötzlich auch verstanden, was Dr. Meyer ihr versucht hatte, mit auf den Weg zu geben.

»Wisst ihr was?«, fragte sie in die Runde und streckte ihren Rücken, während ihre grünen Augen blitzten. »Ich werde wahrscheinlich doch Anwältin … aber eine Anwältin der Tiere!«

***

ANHANG 1

KURZBIOGRAPHIE: FLORENCE NIGHTINGALE 1820–1910

1820 Florence wird als zweite Tochter der britischen Familie Nightingale in Florenz (Italien) geboren, da sich die Familie dort im Urlaub befand.
Mutter: Fanny Nightingale
Vater: William Edward Nightingale, geboren als William Edward Shore, der 1815 ein beträchtliches Vermögen von einem Onkel erbte und auch seinen Namen annahm.
Schwester: Parthenope wurde 1819 in Neapel geboren.
Wohnsitz: Lea Hurst in der Grafschaft Derbyshire.

1825 Wohnsitz wird der Landsitz Embley Park in Hampshire – Florence erlernt viele Sprachen, Musik, Kunst und Mathematik.

1831 Ihr Vater übernimmt den größten Teil der Erziehung seiner Töchter: er unterrichtete sie in Latein, Griechisch, Deutsch, Französisch und Italienisch, sowie in Mathematik, Geschichte und Philosophie.
Florence begleitet ihre Mutter zu Armen und Kranken im Dorf und sieht das erste Mal Leid und Elend.

1837 Im Süden Englands bricht eine Grippeepidemie aus, sie pflegt vier Wochen lang erkrankte Menschen.
In ihrem Tagebuch schreibt sie, dass Gott sie dazu berufen habe.

1839 Sie tanzt gern auf Bällen und wird als Debütantin am Hofe der jungen Königin Victoria eingeführt.
Sie beschäftigt sich immer mehr mit der Mathematik.
Sie lernt viele hochstehende Politiker, Wissenschaftler und Ärzte kennen, darunter Charles Darwin und Christian von Bunsen.

1844 Sie lernt den US-amerikanischen Arzt Samuel Gridley Howe kennen, der in den Vereinigten Staaten eine Blindenschule gegründet hat. Er macht ihr Mut, ihre Pläne, eine Krankenpflegeschule zu gründen, in die Tat umzusetzen, auch wenn dieses für eine Frau in England als unüblich galt.

1846 Sie besucht das von Bunsen errichte Krankenhaus in London und holt sich erste Anregungen für ihre eigenen Pläne.
Ihre Eltern lehnen diese jedoch strikt ab, da ihrer Meinung nach, eine angesehene Frau nicht den Beruf einer Pflegerin ausüben sollte.

1846–1852 Florence reist mit einem älteren befreundeten Ehepaar durch Europa und besucht mehrere Krankenhäuser, darunter eines in Rom, in Paris und auch Theodor Fliedners Diakonissenanstalt in Kaiserswerth bei Düsseldorf. (Heute gibt es in Düsseldorf sogar ein Florence-Nightingale-Krankenhaus.)
Ihre Reisen führen sie außerdem nach Griechenland

und sogar Ägypten. Sie lernt, wie man Kranke versorgt und pflegt, Verbände anlegt und wechselt.
Als sie nach England zurückkehrt, lehnt sie den Heiratsantrag von Richard Milnes, dem späteren 1. Baron Houghton, ab. Sie möchte sich ganz und gar ihren Plänen für die Ausbildung der Pflegeschwestern widmen.

1853–1854 Sie übernimmt die Leitung eines Londoner Pflegeheims. Dafür erhält sie kein Gehalt.
Der Krimkrieg bricht aus: Tausende britischer Soldaten kämpfen mit Verbündeten gegen das Russische Kaiserreich. Zahlreiche Opfer sterben an Verwundungen, Seuchen, Krankheiten, unsachgemäßer Versorgung, mangelnder Hygiene.

1854–1856 Der Freund und Förderer von Florence, Sidney Herbert, der als Staatssekretär des britischen Kriegsministeriums arbeitet, beauftragt Florence offiziell, eine Gruppe von ausgebildeten Pflegerinnen anzuleiten und vor Ort in Scutari zu helfen.
Florence und ihre Pflegerinnen sorgen im Lazarett für Hygiene, sie schrubben die Böden, kaufen von Spendengeldern Hemden, Trinkbecher, Betten und Bettgestelle.
Nach erster Ablehnung durch den leitenden Arzt Duncan Menzies erklärt Florence, dass sie erst mit der Pflege der Kranken beginnen, wenn der Arzt sie offiziell anfordert.
Aufgrund eines Zeitungsberichtes, in welchem die schlimmen Zustände im Lazarett (Läuse, mangelnde Hygiene, Dreck usw.) aufgeführt werden, beschäftigt

sich eine Untersuchungskommission mit der Lage in Scutari. Da immer mehr Verwundete kommen und die Ärzte die Arbeit allein nicht mehr bewältigen können, erhält Florence endlich die Erlaubnis, den Kranken zu helfen.

Sie erhält den Namen »Die Dame mit der Lampe«, da sie nachts mit einer Lampe in der Hand immer noch ein letztes Mal durch die Reihen der Patienten geht.

1856 Florence erkrankt schwer. Als sie halbwegs genesen ist, sorgt sie noch dafür, dass die sich erholenden Soldaten, Räume zur Genesung, Lektüre, Schreibmaterialien usw. bekommen. Inzwischen ist auch der Krimkrieg beendet. Vier Monate später kehrt Florence nach England zurück.

Ab 1857 Da sie nie wieder ganz gesund wird und nicht mehr aktiv in der Pflege tätig sein kann, konzentriert sich Florence darauf, Fragebögen zu verfassen, sie auszuwerten, Daten zu sammeln, sie zu analysieren und Statistiken zu erstellen, um das Wohl der Patienten zu verbessern.

Florence veröffentlicht ihre Daten und Berichte und fordert die Politiker immer wieder öffentlich dazu auf, die Zustände in Lazaretten und auch Kasernen zu verbessern.

Sie fordert bessere Hygienemaßnahmen, eine bessere Ausbildung des Pflegepersonals, Aufstiegsmöglichkeiten für Lazarettärzte, damit sie motivierter arbeiteten, sie empfiehlt den Einsatz von Sanitätsinspektoren und eine bessere Ausstattung von Militärkrankenhäusern.

Endlich erhört man sie: Zwischen 1858 und 1861 wird jede britische Kaserne und jedes Militärkrankenhaus auf den Zustand der sanitären Anlagen, der Versorgung mit Trinkwasser und die Beseitigung von Abwässern untersucht und gegebenenfalls umgebaut.

Florence macht viele Vorschläge für eine angemessene Architektur neu zu errichtender Krankenhäuser.

Ab 1860 Gründung und Eröffnung der »Nightingale School of Nursing« mit 15 Auszubildenden in einem Alter zwischen 25 und 35 Jahren.

Florence schreibt ein Krankenpflegebuch und entwickelt darin die Theorie, dass durch eine ausgewogene, gesundheitsbewusste Lebensführung und Pflege die Entstehung von Krankheiten verhindert und die Genesung beschleunigt werden könne.

Prinzipien: Jede Schülerin erlernt alle Sparten der Pflege, eine Oberin leitet Abteilungsleiterinnen, die wiederum Tag- und Nachtschwestern anleiten.

Wenn die Schülerinnen sich bewähren, werden sie nach einem Jahr in das Register des Nightingale-Funds aufgenommen. Sie müssen sich allerdings verpflichten, drei Jahre dabei zu bleiben.

Das Nightingale-System bildet die Grundlage für eine weitgehende autonome Entwicklung der Pflegelehre und der Selbstverwaltung der Pflege. Ein ganz eigener und von der Gesellschaft anerkannter Beruf war entstanden.

Ab 1870	Florence setzt sich auch mit der Armut in Indien und den dort herrschenden Bedingungen auseinander, denn Indien ist Kolonie des Britischen Empires, gehört also zu England. Nicht nur die britischen Soldaten und ihre Unterkünfte vor Ort hat sie im Blick, sondern auch die indischen Einwohner, besonders die Stellung der Frau. Sie macht Vorschläge zur Einrichtung von Trinkwassersystemen aber auch zur Beseitigung des Abwassers. Immer wieder veröffentlicht sie ihre Erkenntnisse und Ideen in mehr als 200 Büchern und Schriften. Auch das Wahlrecht der Frau in England ist ihr wichtig.
1883	Königin Victoria verleiht ihr das »Royal Red Cross«.
Ab 1885	Florence kann nicht mehr so gut sehen und daher auch nicht mehr so viel lesen und schreiben. Auch vergisst sie immer öfter Dinge. Dennoch engagiert sie sich weiter, bis sie schließlich nicht mehr kann.
Ab 1897	Sie wird nun selbst gepflegt und nur die engsten Familienangehörigen dürfen noch zu ihr.
1907	König Edward nimmt sie in den »Order of Merit« auf, eine der größten Auszeichnungen, die es in England gibt, um Persönlichkeiten zu ehren, die herausragende Leistungen beim Militär, in Wissenschaft, Kunst, Literatur oder auf anderen Gebieten erbracht haben.
1910	Florence stirbt im Alter von 90 Jahren im Schlaf in ihrem Haus in der South Street in London.

ANHANG 2

Florence Nigthingale mit dem Hund Cap

Quelle: Abbott, Maude E. (Maude Elizabeth), 1869-1940.
Florence Nightingale as seen in her portraits. Boston: [s. n., 1916?]

ANHANG 3

LINKS ZUM THEMA: TIERSCHUTZ / UMWELTSCHUTZ

Hier findest du eine Liste einiger Links zu Seiten, die weiterführende Informationen bieten. Wir (die Autorin und der Verlag) haben keinen Einfluss auf die Aktualisierung, die Gestaltung und die Inhalte dieser Internetseiten.

Vier Pfoten Deutschland:

www.vier-pfoten.de
(die AFA hier im Buch ist an diese Organisation angelehnt)

Greenpeace:

www.greenpeace.de/mitmachen/aktiv-werden/greenteams
Greenpeace ist eine große Umweltschutzorganisation. In den »greenteams« können sich Kinder und Jugendliche bei Greenpeace engagieren.

WWF:

www.wwf-junior.de
Der WWF ist eine große Umweltschutzorganisation. Bei »WWF Junior« können sich Kinder und Jugendliche engagieren.

Geomini:

www.geo.de/kinder/geomini
Infomagazin für Kids

Geolino:

www.geo.de/geolino
Infomagazin für Jugendliche

A Rocha International

www.arocha.org
Christliche Umweltschutzorganisation

ANHANG 4

DIE ENTSCHEIDUNG FÜR ODER GEGEN EIN TIER

Egal, welches Tier du haben möchtest. Du solltest vor dem Kauf einiges bedenken, damit es deinem Tier bei dir auch gut geht:
Welches Tier passt zu dir?
Möchtest du einen Hund, eine Katze, ein Kaninchen, einen Wellensittich …?
Wenn du diese Frage beantwortet hast, solltest du dir überlegen, was für eine Rasse du haben möchtest. Nicht jeder Hund passt in jede Familie, nicht jede Katze in jedes Haus.
Die folgende Checkliste hilft dir bei deiner Entscheidung für oder gegen ein Haustier.

CHECKLISTE:

1. Hätte das Tier bei mir genug Platz?
2. Habe ich genug Zeit, mich um mein Tier zu kümmern?
3. Weiß ich genug, um mich richtig um mein Tier zu kümmern?
4. Habe ich genug Lust, mich um mein Tier zu kümmern?
5. Helfen mir meine Eltern/Geschwister dabei?
6. Was mache ich mit dem Tier, wenn wir in den Urlaub fahren?
7. Wer kümmert sich um das Tier, wenn ich mal krank bin?
8. Was kostet mich das Tier (Futter, Tierarzt usw.)?
9. Kann ich das Tier bei mir artgerecht halten?

TIPPS:

Informiere dich gründlich, wo du dein Tier kaufst. Wenn du grausame Schmuggler nicht unterstützen möchtest, sei bei deiner Recherche sehr sorgsam. Achte auf seriöse Anbieter und nicht auf solche, die alles immer sehr günstig anpreisen und mit einem sogenannten Schnäppchen werben.
Seriöse Tierzüchter (und natürlich auch Privatmenschen, wie Familie Lindgrün in Floris Geschichte) sind vor und nach der Vermittlung an Kontakt mit dir interessiert. Sie überlegen gut, ob sie *dir* ihr Tier anvertrauen wollen. Umgekehrt kann man sich anschauen, wo das Tier herkommt und lernt (bei Jungtieren) die Elterntiere kennen. Untersuchungen durch einen Tierarzt sind selbstverständlich: Das Tier muss nachweislich geimpft, gechipt und gegen Parasiten behandelt sein. Ein Vermittlungsvertrag (Schutzvertrag) muss unbedingt sein. Bedenke, dass auch im Tierschutz und bei Privatvermittlungen eine Schutzgebühr normal ist, die die Aufzucht- und Pflegekosten abdeckt.

Wenn ein Tier über den Tierschutz vermittelt wird, muss auf der Homepage des Tierschutzvereins erkennbar sein:

- Handelt es sich um einen eingetragenen Verein?
- Ist der Verein als gemeinnützig anerkannt?
- Gibt es ein Partnertierheim vor Ort?
- Wie sieht die Tierschutzarbeit vor Ort aus? Welche Ziele hat die Tierschutzarbeit?
- Ist ein seriöses Impressum zu finden?

Kaufe das Tier erst, wenn du jede der obenstehenden Fragen zufriedenstellend beantworten konntest. Kaufe das Tier dort, wo die Zuchtbedingungen seriös oder die Vermittlungsstelle vorbildlich ist.
Und zuletzt noch drei wichtige, alles entscheidende Fragen:

1. Gehst du auch Gassi, wenn es kalt ist oder regnet?
2. Säuberst du den Käfig, auch wenn er übel riecht?
3. Und zu allerletzt: Kannst du dein Tier mit Liebe überschütten?